KB113331

봉명도
鳳鳴刀

FANTASTIC ORIENTAL HEROES

송진용 新무협 판타지 소설

봉명도 3

송진용 新무협 판타지 소설

초판 1쇄 찍은 날 § 2009년 2월 12일
초판 1쇄 펴낸 날 § 2009년 2월 19일

지은이 § 송진용
펴낸이 § 서경석

편집장 § 문혜영
편집 § 정서진 · 주소영

펴낸곳 § 도서출판 청어람
등록번호 § 제1081-1-89호
등록일자 § 1999. 5. 31
어람번호 § 제2-1680호

주소 § 경기도 부천시 원미구 심곡동 163-2 서경B/D 3F (우) 420-010
전화 § 032-656-4452 팩스 § 032-656-4453
http://www.chungeoram.com
E-mail § eoram99@chollian.net

ISBN 978-89-251-1685-3
ISBN 978-89-251-1517-7 (세트)

봉명도(鳳鳴刀)를 찾아 종횡강호하는 중에 드러나는 어둠의 실체.

대체 누가 적이고 누가 동지인 것이냐?

내공 없이도 잘 싸운다. 그러나 내공이 있으면 더 잘 싸운다.

이토록 장한 놈들

3

FANTASTIC ORIENTAL HEROES

송진용 新무협 판타지 소설

봉명도 鳳鳴刀

난세를 종식시킬 봉명도의 비밀은 하늘에 있으니, 봉황이 날아오르는 날

운명은 그를 영원히 잊혀지지 않을 전설로 만들어 주리라.

청람
도서출판

第一章

진소소(秦素召)

鳳鳴刀
봉명도

진소소(秦素召)

"멍청한 놈."

자꾸만 피식피식 웃음이 나오는 건 화가 나서 고래고래 고함을 질러대며 길길이 날뛰고 있을 그 늙은 도사의 모습이 상상되어서였다.

"건풍이라고? 건풍이든 쥐풍이든 내가 알게 뭐냐? 너 따위 늙다리는 귀찮기만 하다. 나는 혼자가 편하고 좋아."

터벅터벅 혼자서 걸어가는 산길이 이처럼 아늑할 수가 없다.

오늘 새벽녘의 일이었다.

정체가 수상한 늙은 도사 건풍(建風), 그가 은근히 협박을 하며 달라붙는 게 장팔봉에게는 속보이는 짓이었다.

그는 패천마련의 지하뇌옥 속에 갇혀 있는 건녕자를 찾고 있었는데, 제 사형이라고 했다.

따라서 저도 무당파의 도사라는 걸 은근히 과시한 셈이다.

그가 왜 건녕자를 찾는지는 물어보지 않았다. 관심이 없으니까.

그러면서 접근해서는 갖은 이유를 다 대면서 끝까지 따라다니려고 하는 건풍이 얄밉기만 했다.

그가 무당파를 팔지 않고, 제 사형이라는 건녕자를 팔지 않고 그냥 솔직하게 말했다면 마음이 동했을지도 모른다.

"나, 봉명도가 갖고 싶다. 네가 어디 있는지 안다며? 나를 데려가 줘라. 그러면 대가를 치러주겠다."

이렇게 말이다.

어떤 대가를 치를 거냐고 물었겠지.

그러면 그 도사가 음흉을 떨며 말했을 것이다. 뻔하다.

"봉명도를 찾을 때까지 네가 시키는 일을 다 할게. 저놈을 죽이라고 하면 두말없이 죽여줄 것이고, 너를 죽이려는 놈이 있어도 그냥 죽여줄게. 됐지?"

"찾은 다음에는?"

"너를 죽이고 내가 그걸 갖는 거지. 뻔한 거 아니냐?"

좀 솔직한가?

그랬다면 장팔봉은 호쾌하게 '호(好)!' 라고 소리쳤을 것이다.

봉명도를 찾은 다음에 죽을 놈이 제가 될지 그 늙다리 도사가 될지는 너도 모르고 나도 모르는 일이니 미리부터 걱정할 것 없다.

그게 장팔봉인 것이다.

그런데 그 도사는 구구절절이 엄한 얘기만 늘어놓았다. 눈치를 힐끔힐끔 보면서 말이다.

장팔봉이 그런 자들을 딱 싫어한다는 걸 조금도 모르고 있으니 미련한 도사이기도 하다.

제 딴에는 엄청스레 잔머리를 굴렸는지 몰라도 장팔봉이 볼 때는 쓸데없는 일에 심력을 소모하는 멍청한 도사인 것이다.

그냥 솔직해져라. 그것보다 감동적인 건 없는 거다.

그래서 장팔봉은 도사를 따돌렸다.

힘으로 할까? 하다가 잔머리를 썼다. 힘으로 누를 자신이 없을 때는 잔머리로 속여야 하는 게 세상 이치라는 걸 너무 잘 알고 있는 탓이다.

그리고 제꺽 먹혔다.

"언놈이 지붕 위에서 우리를 염탐하나 보네. 확인해 봐야 하지 않겠소?"

일단 도사를 밖으로 내보낼 생각에 그저 아무렇게나 한 말이었다.

그런데 사실이었던 모양이다.

도사, 건풍이 빙긋 웃었다.

"어지간히 귀가 밝은 친구로군. 그걸 눈치채다니 말이야. 사실 영 신경이 쓰이고 있던 참이었다. 네가 말하지 않았어도 나가 볼 작정이었어."

도사가 벌떡 일어서더니 장팔봉을 돌아보고 다시 히죽 웃었다.

"얌전히 기다리고 있어라. 밖은 위험해."

그리고 훌쩍 몸을 날려 창문을 통해 나가는데, 그 재빠름이 마치 유령 같았다. 혀를 내두르지 않을 수 없다.

그렇게 도사가 나가고 나서 장팔봉은 태연히 방문을 열고 밖으로 나갔다.

텅 빈 낭하를 걷는데 지붕 위에서 우당탕거리는 소리가 났다. 먼지가 우수수 떨어진다.

보나마나 쥐새끼처럼 숨어든 자들과 도사가 한바탕 싸움질을 하고 있으리라.

신경 쓸 것 없다.

느긋하게 계단을 내려온 장팔봉은 즉시 무영혈마의 절세신법을 펼쳤다.

인적 없는 깜깜한 골목을 요리조리 돌아 달려가는 게 마치 한줄기 질풍이 휩쓸어가는 것 같다.

그렇게 따돌렸으니 멍청한 도사는 결코 찾을 수 없을 것이다.

그런 느긋함으로 휘파람을 불어가며 길을 가고 있는 중이었다.

*   *   *

장팔봉이 그렇게 상쾌한 마음으로 길을 재촉하고 있을 무렵에 그가 떠나온 천도호 근처의 동옥진에서는 작은 술렁거림이 일고 있었다.

"사라졌어?"

중년의 사내. 세상이 불견자(不見者)라고 부르며 꺼려하는 풍곡양(風殼洋)이 잔뜩 눈살을 찌푸렸다.

그의 앞에 부복해 있는 자는 매부리코에 눈매가 날카롭고 뼈마디가 굵은 전형적인 냉혹한의 인상이다.

"염탐을 하던 십칠호가 사로잡혔던 모양입니다. 자결을 했더군요."

"누구에게? 그놈에게 말이냐?"

"조력자가 있을 것이라 확신합니다."

"누가?"

"점소이의 말로는 늙고 꾀죄죄해 보이는 도사 한 명이 그놈을 찾았다고 합니다. 그 도사가 수상합니다."

"그렇다면 그가 누구인지, 어디에 속해 있으며 목적이 뭔지 알아냈겠지?"

"그걸 잘……"

"못난 놈. 내 얼굴에 먹칠을 할 작정이구나. 쯧쯧—"

"곧 알아낼 수 있을 것입니다."

"가라, 가서 단서가 될 만한 거라면 가리지 말고 긁어모아. 다른 놈이 가지고 있다면 빼앗아서라도 가지고 와라."

"존명."

매부리코의 사내가 머리를 쪙어 명을 받고 소리없이 물러났다. 그러자 구석진 곳의 어둠 속에서 한 사람이 느릿느릿 걸어나왔다. 지마 종자허다.

"내가 뭐랬소? 만만하게 볼 놈이 아니라고 했잖소."

"너는 두어 달 어디로 사라져 있겠다더니 아직 여기를 어슬렁거리고 있는 거냐?"

"사정이 그렇지 않소? 대형도 잘 알면서 그러는군. 그나저나 그놈이 사라져 버렸으니 이제 어쩔 셈이오? 아가씨가 안다면 화를 낼 텐데, 변명할 거리는 만들어두었소?"

"귀찮다. 참견하지 마."

"나한테 신경질 낼 게 뭐 있소? 나는 그저 풍 대형을 위해 염려해 주었을 뿐인데."

"쯧쯧, 내 일은 내가 알아서 할 테니 네 몸뚱이나 잘 간수해라."

"하하, 죽으면 썩어 없어질 몸뚱이인데 무엇이 귀하다고 잘 간수한단 말이오?"

종자허의 창백한 입술에 자조적인 웃음이 떠올랐다. 그러더니 이내 가슴을 움켜쥐고 쿨럭쿨럭 기침을 해댔다.

물끄러미 그것을 바라보는 풍곡양의 부리부리한 두 눈에 안타까움이 가득해졌다.

종자허의 기침이 멎기를 기다렸던 그가 혀를 차고 나서 말했다.

"그런데 너는 그놈에게 정을 느끼는 모양이구나?"

"그렇소."

"무엇 때문에?"

"그걸 어찌 말로 설명할 수 있단 말이오?"

"그놈이 아가씨를 희롱했는데도?"

"그래서 죽이려고 했지. 하지만 죽이지 못했으니 그 일은 더 생각해서 무엇 하겠소?"

"어째서 가중악에게 도움을 청하지 않았지?"

"풍 대형, 형은 그가 고작 이런 일에 나서줄 것이라고 믿는 것이오?"

"흥, 제 처지를 안다면 나서지 못할 것도 없지."

"누가 풍 대형더러 이 객잔의 점소이를 죽이라고 한다면 대형은 그러겠소?"

"돈만 준다면 못할 것도 없지."

"그게 바로 가 대가와 풍 대형의 차이라오. 그래서 풍 대형은 아무리 애를 써도 가 대가를 뛰어넘지 못하는 거야."

"치워라, 이놈아."

풍곡양이 매섭게 말하며 눈을 부라렸다.

하지만 그의 마음속에는 오래전부터 종자허가 말한 바와 같은 아픔이 깃들어 있었다. 스스로 그걸 인정하려 하지 않을 뿐이다.

'언젠가는 가중악 그놈의 목을 따서 모두에게 보여주고 말 테다. 누군가 나에게 의뢰하기만 하면 반드시 그렇게 해 보일

것이다. 그때는 누구도 나를 가중악의 아래에 두지 못하겠
지.'

내심 이를 간 그가 다시 물었다.

"아가씨에게서는 아직 별다른 말이 없었느냐?"

"아가씨는 이미 호랑이 굴에 들어가 있고, 나는 한 발짝도
그곳에 발을 들여놓을 수 없는데 어떻게 전갈을 받을 수 있겠
소?"

"휴, 나는 아직도 이해할 수 없다. 대체 아가씨께서 무슨 생
각으로 그 음흉하고 욕심 많은 늙은 늑대와 손을 잡으시려는
건지……."

"아가씨의 흉중에 들어 있는 생각을 짐작할 수 있는 사람은
이 세상에 없지. 그래서 아가씨는 항상 우울한 거 아니겠소?
외로운 거야."

그 말을 하는 종자허의 눈빛이 더 우울했고, 그의 얼굴에, 온
몸에 넘쳐나는 외로움이 더욱 짙어졌다.

물끄러미 그를 바라보던 풍곡양이 한숨을 쉬었다.

"너도 그렇고 가중악도 그렇고 다들 미친 거야. 오르지 못할
나무는 처음부터 넘보지 말았어야 했던 거다. 그걸 잊고서 쓸
데없는 욕망을 품었기에 너나 가중악은 스스로를 망쳐가고 있
어. 참으로 안타까운 일이다."

"나는 그런 점에서 풍 대형을 매우 존경한다오. 대형은 오직
돈에만 애정을 쏟을 뿐이니까."

종자허의 말 속에 지독한 비웃음이 들어 있었지만 풍곡양은

코웃음을 쳤을 뿐 대꾸하지 않았다.

*   *   *

달빛이 하얗게 부서지고 있는 천도호에 물안개가 스멀스멀 피어오르고 있는 무렵에 검도(劍島)라고 불리는 섬 안에서는 또 다른 만남이 이루어지고 있었다.

대낮처럼 밝혀진 대전 복판에 두 사람이 서로를 마주보고 서 있었는데, 한 사람은 위풍이 당당한 노인이었다.

흰 수염이 배 아래까지 늘어졌고, 누런 금빛 장포를 걸쳤다.

당당한 풍채와 늠연한 기상이 구름처럼 뭉게뭉게 피어나고 있는 노인.

누구든 그와 마주한다면 산악 같은 위엄 앞에서 감히 고개를 들고 서 있을 수 없을 것이다.

이보(二堡)의 한 곳인 천검보(天劍堡)의 보주이자 야심을 감추고 있는 잠룡(潛龍)으로 널리 알려진 인물.

구주신검(九州神劍) 곽검령(郭劍嶺)이다.

그와 마주서 있는 다른 한 사람은 건덕진의 화승객잔에서 장팔봉이 보았던 망사녀였다.

지그시 그녀를 바라보던 곽검령이 입을 열었다.

웅장한 음성이 낮고 무겁게 흘러나온다.

"본좌의 앞에서까지 그렇게 얼굴을 가리고 있을 필요가 있을까? 나는 그대의 진면목을 감상하고 싶구려."

그 말에 잠시 망설이던 그녀가 얼굴을 가리고 있던 망사를 걷어 올렸다.

그러자 불빛 아래 옥을 깎아놓은 것처럼 맑고 아름다운 얼굴이 환히 드러났다.

귀택호의 풍우주가에서 잔심부름을 해주고 있던 바로 그 아가씨가 틀림없다.

노인이 흐뭇한 미소를 지으며 수염을 쓰다듬었다.

아가씨를 바라보는 두 눈 깊은 곳에 진정한 감탄의 기색이 일렁인다.

"과연, 과연. 천하에 다시없을 절색이로고. 이렇게 내 눈으로 직접 보았으니 소문이 결코 과장되지 않았다는 걸 잘 알겠구려."

"과찬이십니다."

아가씨가 가볍게 고개를 숙여 겸양하는데 휘장 뒤에서 다시 한 사람이 걸어나왔다.

이십대 중반의 젊은이였다.

영준한 용모와 당당한 기상이 곽검령을 빼박은 듯하다.

옥기린(玉麒麟)으로 불리는 곽서언(郭瑞堰)이었다.

구주신검 곽검령의 아들이면서 장차 천검보를 이어받을 소보주이기도 한 자인 것이다.

제 아비와 천검보의 후광을 입고 있어서 강호에서는 그를 옥기린으로 부르며 공경해 주었다.

그 많은 후기지수 중 단연 으뜸으로 꼽히는 인물인 것이다.

하지만 그러한 후광이 아니더라도 그는 능히 인중룡으로 불릴 만한 자였다.

관옥 같은 용모와 씩씩한 기상만으로도 그렇다.

게다가 지난바 무공의 고절함이 이미 상승의 경지를 뛰어넘어 오묘한 지경에 이르렀지 않던가.

문사처럼 생긴 외모에 걸맞게 학문 또한 높아 나이 열두 살에 이미 향시에 급제하여 진사의 직함을 받기도 했으니 가히 인중룡이라는 말이 아깝지 않은 자다.

문무를 겸비한 보기 드문 인걸인 것이다.

그가 조용히 걸어와 제 아비 곁에 서더니 아가씨를 향해 빙긋 웃어 보였다.

주사를 칠한 듯한 입술이 벌어지면서 가지런한 흰 치아가 살짝 드러나고, 티 하나 없는 깨끗한 얼굴에 환한 미소의 물결이 번지는 그런 웃음이었다.

눈이 부셔서 차마 마주 볼 수 없을 만큼 고귀하고 아름다운 사내였다.

하지만 아가씨의 얼굴은 무표정했다. 조금 전 곽검령 앞에서 겸양하던 표정마저 싹 사라지고 얼음처럼 차갑게 굳어 있다.

그 모습이 오히려 더욱 아름답고 요염했다. 사람의 애간장을 녹일 듯 애태우는 차가운 교태다.

그녀의 얼굴을 바라보는 청년, 곽서언의 두 눈이 몽롱해져 갔다.

아가씨의 눈은 그런 곽서언을 한 번도 바라보지 않았다. 천검보주인 곽검령 앞이건만 위축되기는커녕 오히려 더욱 도도하고 차갑다.

그녀가 다시 망사를 내려 얼굴을 가렸다. 그러자 대청 안이 빛을 잃은 동굴처럼 어두워지는 것 같았다.

"휴—"

텅 빈 것 같은 대청 안에 곽서언의 한숨 소리가 길게 메아리쳤다.

밤은 모두에게 똑같이 찾아와 똑같이 흘러갔건만, 그것을 느끼는 사람들은 제각각의 감흥에 빠진다.

물안개 속으로 침몰해 버린 천검보에서는 망사의 여인과 보주가 밀실 안에 마주 앉아 서로를 노려보고 있었다.

"보주가 원하는 건 결국 천하였군요?"

"허허, 그대의 그 말은 감당할 수 없소. 패천마련이 강호의 패자로 군림하고 있는데 이런 촌구석에 이런 보잘것없는 보 하나를 가졌다고 어찌 천하를 운운할 수 있단 말이오?"

"그 말이 진심인가요?"

"그렇소."

"그렇다면 우리의 흥정은 쉽게 성사될 수 있겠군요. 미리 감사하다는 말씀을 드려요."

"응?"

천검보주 곽검령이 어리둥절한 얼굴을 했다.

"그럼 그대, 진 단주는 내 제안을 받아들이겠다는 것이오?"

"천검보와 소녀의 천화상단이 추구하는 이익이 서로 맞아 떨어지니 어찌 이 제안을 거절할 수 있나요?"

살짝 머리를 숙이지만 아가씨, 진소소의 얼굴에는 여전히 한 겹 싸늘한 서리가 뒤덮여 있었다.

진소소(秦素昭).

삼선밀교(三仙蜜嬌)로 불리는 천하제일미.

학식은 삼교구류를 꿰뚫었고, 무공은 무산과 곤륜, 아미 삼선의 진전을 물려받아 측량이 불가하다고 전해지는 여인.

중원에서 가장 거대하다는 천화상단(天華商團)의 단주(團主).

신비한 효능이 있는 육체의 소유자여서 그 자체만으로 무림삼보 중 당당히 두 번째를 차지하고 있는 고귀한 아가씨.

며칠 전에는 불귀림 귀택호에 있는 풍우주가의 벙어리 점소이였으며, 오늘은 망사녀의 신분으로 천검보의 귀빈이 되어 와 있는 사람.

그게 그녀의 정체였던 것이다.

"소녀는 단지 보주께서 우리 천화상단의 이권을 탐낼 뿐이라고 믿고 싶군요."

"허허, 나에게 다른 무슨 뜻이 있겠소?"

"그러기를 바라겠어요."

"소저의 상단과 우리 천검보가 힘을 합친다면 서로에게 좋은 일만 있을 것이오."

"그렇겠지요."

"천검보의 힘이 아직 부족하지만 천화상단을 도둑들로부터 지켜주기에는 충분하지. 진 단주는 아무 염려 없이 상단을 꾸려 나가는 일에 전념할 수 있을 테니 머지않아 중원의 모든 상권을 장악할 수 있게 될 것이외다.”

“그 대가로 천검보에서는 장차 천하를 도모하는 데 사용될 막대한 자금을 확보할 수 있게 되고요?”

“허허, 그럴 야망이 없다고 말하지 않았소?”

곽검령이 멋쩍은 웃음을 흘렸다.

그를 빤히 바라보는 진소소의 얼굴에는 은은한 분노가 드러나 있었다. 그러나 그녀는 애써 자신의 감정을 감출 수밖에 없었다.

곽검령의 말은 그게 아무리 진심이라고 해도 결코 믿어서는 안 된다는 걸 자신에게 거듭 깨우쳐 주는 그녀였다.

하지만 천검보의 힘은 확실히 무시할 수 없는 것이었다.

비록 천화상단에 많은 무사들이 고용되어 있고, 자신의 주위에도 든든한 호위들이 있지만 천검보에 정면으로 대항할 수 있을 만큼 대단한 세력은 되지 못했다.

이곳이 와호잠룡지처(臥虎潛龍之處)라는 걸 모르는 사람은 아무도 없다.

패천마련의 대마존인 무극전이 무림맹을 멸하고서도 이보삼장에 대해서는 방관하는 태도를 취하고 있는 것만 보아도 짐작할 수 있다.

패천마련 혼자 그들과 싸워 굴복시키기에는 큰 희생을 치러야 할 테니 무극전으로서는 탐탁하지 않은 일이 분명한 것이다.

호랑이가 곰을 피하고, 곰이 호랑이와 싸우려 하지 않는 것과 같은 이치다.

그래서 이보 삼장이 마련의 천하에 반기를 들지 않는 이상 묵묵히 참고 있는 것이다.

이보 삼장 또한 그와 같은 심정이었다.

무극전이 자신들을 탄압하지 않는 이상 군이 패천마련과 싸워 회복 불능의 상처를 입기 원하지 않았던 것이다.

그러므로 지금의 강호 정세는 군림하는 패천마련과, 그 그늘 속에서 웅크리고 있는 이보 삼장의 세력으로 나뉘어 있는 것과 마찬가지였다.

패천마련으로서는 이보 삼장이 눈엣가시 같을 것이지만 아직은 두고 볼 수밖에 없는 처지였다.

그들이 연합하지만 않는다면 경계하는 걸로 충분한 때문이기도 하다.

그 이보 삼장이 모두 야망을 숨기고 있다는 건 세상이 다 아는 일이었다.

그런데 그들 중 천검보가 가장 먼저 발톱을 드러내려 하고 있다.

진소소는 지금 이 순간이 자신의 운명은 물론, 천화상단의 미래와 강호의 판세에 중대한 영향을 미칠 수 있는 중요한 순간이라는 걸 절실히 느꼈다.

그리고 그녀가 위험을 무릅쓰고 이처럼 단신으로 천검보에 찾아온 것은 이미 심중에 어떤 결심이 서 있다는 것이기도 했다.

'이 추한 늙은이는 내 품에 숨겨져 있는 날카로운 비수에 대해서는 모르고 있겠지? 흥, 언젠가는 그것으로 너의 심장을 뚫어놓고 말 테다.'

지금은 그런 생각만이 진소소가 자신의 노여움을 달랠 수 있는 유일한 위안거리였다.

진소소의 악다문 입술 사이로 보일 듯 말 듯 희미한 미소가 아주 잠깐 떠올랐다가 사라졌다.

하지만 곽검령 앞에서도 꿋꿋하게 버틸 수 있는 그녀의 힘은 다른 곳에 있었다.

'사부님……'

속으로 중얼거리는 그녀의 머릿속 가득 한 사람이 떠올랐다.

＊　　　＊　　　＊

"나는 천하의 팔 할밖에 얻지 못했다."

그의 웅장한 음성이 대전의 어둠 속으로 은은히 퍼져 나갔다.

그 앞에서 진소소는 감히 머리조차 들 수가 없었다.

고개를 든다 한들 어둠 속에 묻혀 있는 그 사람의 모습을 알아볼 수도 없을 것이다.

이 시대의 진정한 절대자.

마종지주로 불리는 사람.

패천마련이라는 거대한 집단의 정점에 군림하는 바로 그 사람이었다.

거령신마(巨靈神魔) 무극전(武極全).

그 앞에서 진소소는 왜소하고 가냘픈 한 여인에 지나지 않았다.

세상은 그녀의 무공이 삼선(三仙)에게서 나온 것으로 알고 있었다.

하지만 그녀의 진정한 사부는 바로 저 어둠 속에 오연하게 앉아 있는 사람이었다.

삼선은 물론 그녀의 부친조차도 모르는 일이다.

세상에서 그 사실을 아는 사람은 오직 진소소 자신뿐이었다.

그 사람, 무극전의 음성이 다시 들려왔다.

"나머지 이 할의 열쇠를 쥐고 있는 사람은 바로 너다. 알고 있겠지?"

"소녀, 한시도 잊지 않고 있습니다."

"봉명도를 반드시 찾아서 가지고 와라. 그게 일 할이다. 그리고 어떤 희생을 치르더라도 구천수라신교(九天修羅神敎)의 흔적을 찾아내라. 그게 마지막 일 할이다."

"존명."

돌바닥에 이마를 찧으면서도 진소소는 내심 이상한 일이라고 생각했다.

봉명도의 존재에 대해서는 사부가 왜 신경을 쓰고 있는지 충분히 안다. 하지만 구천수라신교에 대해서는 여전히 알 수 없었던 것이다.

그녀가 그 이름을 들은 것도 불과 얼마 전이었다.

그것의 유래가 어떻게 되는지, 강호에 어떤 영향이 있는지에 대해서는 조금도 알지 못한다.

사부가 한마디도 말해주지 않았기 때문이다.

그러면서 무턱대고 그것의 흔적을 찾으라니 답답하기도 했다.

어쩌면 사부에게는 봉명도보다 구천수라신교의 존재가 더 중요한 것인지도 모른다는 생각이 들었다.

어쨌거나 봉명도만 손에 넣는다면 사부는 천하를 완벽하게 장악하게 된다. 그러면 고금제일의 위대한 절대자가 되는 것이다.

진소소는 사부의 그와 같은 영광이 곧 자신의 영광이 된다는 생각에 들떠 있기도 했다.

하지만 여전히 의문이 남는다.

'사부님의 무공은 이미 화신지경에 든 지 오래다. 봉명도가 아무리 절세의 보도라고 해도 사부님의 수도(手刀)만 못할 것이고, 그 안의 봉명삼절도법이 아무리 절세적인 도법이라고 해도 사부님의 신공절학보다 뛰어날 리가 없다. 그런데도 굳이 그것을 탐내시는 이유가 뭘까?'

아무리 생각해 봐도 알 수가 없었다.

그녀의 생각을 자르고 무극전의 근엄한 음성이 어둠을 흔들었다.

"가라."

"부디 옥체 보중하소서."

진소소는 제 생각을 멈추고 깊이 절했다.

뒷걸음으로 조심스럽게 칠흑 같은 대전에서 물러난다.

이제 일 년 뒤에야 다시 사부를 만날 수 있는데, 그때는 사부가 말한 두 가지 중 한 가지만이라도 손에 넣고 있어야 한다.

그렇지 않으면 사부의 무서운 책망이 있을 것이라고 생각하자 등줄기에서 식은땀이 흘렀다.

구천수라신교는 아직 제 꼬리는커녕 그림자조차 드러나지 않았지만 봉명도는 그것의 위치를 아는 자가 있다.

'그렇다면 먼저 봉명도부터.'

진소소의 고운 입가에 배시시 미소가 떠올랐다.

밀명을 받은 천화상단의 고수들이 신분을 감추고 상단의 화물을 따라 온 천하를 주유하고 있으니 조만간 구천수라신교에 대한 작은 단서라도 얻어올 것이라고 확신한다.

*　　　*　　　*

"모든 게 너 하기에 달려 있다는 걸 명심해라. 장차 우리 천검보의 운명이 네 손에 달려 있느니라."

"명심하겠습니다. 소자를 믿어주소서."

"믿는다. 암, 믿고말고. 이 세상에서 누가 과연 너만 한 자식을 두었겠느냐? 너는 나의 자랑이고 천검보의 미래다."

천검보주 곽검령의 얼굴 가득 흡족해하는 미소가 번졌다.

그 앞에 의젓하게 앉아 있는 곽서언의 두 눈에는 열망이 가득했다. 욕망이기도 하다.

'반드시 내 손에 넣고 만다.'

그가 입술을 잘근잘근 씹어가며 재삼, 재사 결심하게 만드는 인물은 바로 진소소였다.

그녀를 얻는 자가 천하를 얻을 것이라는 말이 아니더라도 곽서언은 반드시 그녀를 제 여자로 만들고 말겠다는 뜨거운 열망을 품었다.

제 아비의 뜻과 기대와는 달리 그녀를 얻을 수만 있다면 천검보를 버려도 좋다고까지 생각했다.

그리고 봉명도가 있다.

진소소를 얻고 봉명도를 손에 쥔다면 천하를 제 발 아래 둘 수 있을 것이라는 생각으로 마음이 설렌다.

남아로 태어나 한 자루 검을 들고 강호에 나왔다면 그만한 꿈은 품어야 하리라.

그 꿈을 이루기 위해서 모든 것을 희생시킬 만한 배포를 가져야 한다.

그런 야망을 지니고 있는 자가 어디 한둘이겠는가. 바닷가의 모래알처럼 많을 것이다. 그러나 그것을 이룰 사람은 오직

한 사람뿐이다.

　곽서언은 바로 자기가 그 사람이라고 굳게 믿었다.

　오만하고 도도한 마음이 눈빛에 실린다.

　하지만 그런 그의 마음을 알 리 없는 보주 곽검령은 듬직한
아들을 바라보는 것만으로도 마음이 흡족했다. 벌써 천하를
얻은 것처럼 들뜨기도 한다.

　"또 한 가지 명심해야 할 게 있다."

　"말씀하십시오."

　"사냥에 나선 호랑이는 절대로 제 기척을 드러내지 않는 법
이다."

　"속내를 끝까지 감추고 있으라는 말씀입니까?"

　"그렇다. 호랑이가 기척을 드러내는 순간은 사냥감을 향해
도약할 때이지. 그와 같은 것이다."

　"알겠습니다. 결정적인 기회를 잡을 때까지 결코 제 속내를
드러내지 않겠습니다."

　"그녀의 환심을 사기 위해 노력해야 한다. 여자의 마음을 얻
는 일은 어려운 것 같으면서 쉽기도 하지. 억지로 하려고 하거
나 거짓으로 대한다면 여자는 그것을 금방 눈치챈다. 여자들
의 본능이란 남자가 상상하는 것 이상으로 예민하다는 걸 잊
지 마라."

　"하지만 남자의 깊은 속을 들여다볼 혜안을 가진 여자는 없
을 것입니다. 사랑에 빠진 여자라면 더욱 그렇겠지요."

　빙긋 웃는 곽서언의 얼굴에는 자신감이 가득했다.

곽검령이 흡족해한다.

"그렇지. 네가 그녀의 사랑을 얻을 수만 있다면 모든 일이 다 뜻대로 될 것이다. 가벼운 술수를 쓰려 하지 말고 진심으로 대하되, 네 속내는 끝까지 감추고 있어야 하느니라. 진정만이 여자의 마음을 움직일 수 있는 힘인 것이야."

"명심하겠습니다."

"가라. 가서 원하는 걸 얻어와."

"부디 보중하소서."

곽서언이 깊이 절하고 물러났다.

第二章

나의 고향 삼절문(三絶門)

鳳鳴刀
봉명도

나의 고향 삼절문(三絶門)

며칠 뒤, 금화에서 무한으로 이어지는 관도 위에 마차 한 대가 나타났다.

날이 저물어가고 있는 걸 아랑곳하지 않고 달려간다.

두 필의 건장한 말이 마차를 끌고 있었는데, 온몸이 땀에 젖어 번들거렸다.

먼 길을 쉬지 않고 달려온 게 틀림없다.

마부석에 앉아 연신 마편을 휘두르고 있는 마부는 오십 줄의 허름한 사내였다.

그리고 마차 안에는 장팔봉이 비스듬히 누운 채 콧노래를 흥얼거리고 있었다.

시끄러운 마차의 바퀴 소리마저 정겹게 느껴지는 건 마음이 한껏 느긋해져 있기 때문이었다.

사흘 전에 마차를 빌렸다.

은자 스무 냥에 무한(武漢)까지 전세를 낸 것이다.

마부의 입이 쩍 벌어지더니 즉시 장팔봉을 제 조상 모시듯 정성을 다하는 자세가 되었다.

볼품없는 마차지만 창문을 닫고 휘장마저 치자 제법 아늑한 공간이 되었다.

그 속에서 먹고 자면서 한 걸음도 바깥으로 나오지 않은 건 두려워서가 아니었다.

귀찮은 일을 피하고 싶었을 뿐이다. 절대로 그렇다고 제 자신에게 꽉꽉 강조해 준다.

마차는 순풍에 돛을 단 배처럼 아주 순조롭게 나아갔다. 마부석에서 달리는 말에 채찍질을 해대며 재촉하는 마부의 걸걸한 호통 소리가 음악 소리처럼 들린다.

다시 이틀을 더 가자 드디어 호북 땅에 들어섰고, 다음날 무사히 무한에 이르렀다.

그리고 다시 마차를 갈아타고 북쪽으로 올라가 하남 땅으로 들어서는 데 닷새가 걸렸다.

그곳에서 허창을 통과하고 정주, 낙양을 지나 서쪽으로 계속 나아가기를 다시 닷새나 했으니 보름이 넘게 마차 안에서 흔들리며 시달린 것이다.

몸의 고단함쯤이야 귀찮은 일을 겪지 않는다는 것만으로도 충분히 참을 만하다.

장팔봉이 그렇게 인내해 가며 서둘러 가는 곳은 제 사문인 삼절문이었다.

어차피 기련산으로 가기 위해서는 북쪽으로 올라갈 수밖에 없는데, 마침 사문이 삼문협 건너 산서의 끝인 설화산(雪花山)에 있으니 한번 들를 셈인 것이다.

오랫동안 보지 못한 사부에 대한 그리움도 컸고, 그동안의 빡빡한 강호행으로 지쳤기 때문이기도 했다.

우여곡절이 좀 많았던가.

늙은 사부와 마주 앉아 밥을 먹고 차를 마시며 잔소리를 듣고 싶어졌다.

그때는 그렇게 듣기 싫고 지겨웠던 사부의 잔소리인데, 이제는 그게 몸살이 날 정도로 그리워진 것이다.

산골짜기의 코딱지만 한 마을 구석에 삼절문이라는 현판을 건 작은 무관을 세우고 인근의 코흘리개들에게 무공을 가르치는 사부.

그건 무관이라기보다 학당이기도 했고, 코흘리개들의 놀이터이기도 했다.

사부는 그놈들에게 무공뿐만 아니라 천자문이니 소학이니 하는 것들도 함께 가르치고 있었던 것이다.

그러니 무학관이라는 말이 더 어울릴지도 모른다.

아무도 알지 못하는 그 초라한 사문에 대한 그리움 때문에 장팔봉은 마음이 달아 있었다.

늙은 마부를 자꾸만 재촉한다.

설화산으로 가기 위해서는 하남성 위쪽, 산서와 섬서의 경계에 있는 삼문협(三門峽) 아래에서 강을 건너야 한다.

화북평원이 끝나는 서쪽 지점인지라 산이 험하고 골짜기가 깊은 곳이다. 그곳을 흘러내리는 황하의 물줄기가 어디에서든 격류를 이루고 으르렁댄다.

누런 황하가 바윗덩이도 떠내려 보낼 정도로 사납게 흐르는 곳이라 사람은 물론 어떤 배도 그것을 가로질러 건널 수가 없다.

그 아래쪽 이십여 리 되는 곳에 유일하게 황하를 건너 산서 땅으로 넘어갈 수 있는 나루가 있었다.

대우진(大禹津)이라는 곳이다.

삼문협 서쪽에서 황하를 건너 산서로 들어갈 수 있는 유일한 나루인지라 늘 사람들로 북적이는 곳이었다.

*   *   *

장팔봉이 그렇게 제 사문을 향하여 아무 생각 없이, 오직 그리움 하나로 달려가고 있을 때 강호의 은밀한 곳에서는 은밀한 자들이 또한 그처럼 은밀하게 움직이고 있었다.

그들을 이끌고 있는 자는 호리호리한 몸매의 흑의복면인이었다.

얼굴을 흑건으로 감추었고, 몸에 착 붙는 검은 경장을 입었으며, 한 자루의 검을 쥐고 있다.

그를 따라서 이십여 명의 흑의인들이 날렵하게 움직이고 있었는데, 하나같이 절정의 경공신법을 발휘하고 있었다.

산 하나를 넘는 데 차 한 잔 마실 시간이면 족하고, 이십여 장이나 되는 골짜기를 단번에 뛰어넘는다.

그렇게 그들은 사람들의 시선이 닿지 않는 곳만을 골라 달리고 있었다.

깊은 산과 인적 없는 골짜기만 타고 몰아쳐 가는 한 무더기의 검은 바람 같았다.

"늦다. 더 빨리!"

달리는 말에 채찍을 가한다고 해도 그건 너무 지나친 명령이었다.

하지만 흑의인들은 한마디의 불평도 하지 않았다. 우두머리의 말에 더욱 다리에 힘을 실어 땅을 박찰 뿐이다.

그들이 그렇게 대별산맥을 거슬러 달리고 있는 방향 또한 북쪽이었다.

그리고 또 한 무리의 사람들도 역시 쉬지 않고 달리고 있었다.

흑의인들과 다른 점이라면 그들은 대별산맥을 따라 뻗어 있는 관도 위를 질주하고 있다는 것인데, 하나같이 검은빛이 번들거리는 말을 타고 있었다.

일견하기에도 하루에 천 리를 달릴 것 같은 그런 말들 세 필이 미친 듯 질주한다.

그 뒤를 따르는 건 네 필의 건마가 끄는 한 대의 마차였다.

호화롭지는 않으나 그것을 끄는 말들 또한 하나같이 천리마라는 게 놀랍다.

한 필에 족히 일천 냥은 나갈 천리마가 모두 일곱 필이나 동원된 것이니, 가히 어지간한 장원 한 채가 달려가고 있는 셈이다.

관도를 가던 사람들이 놀라 흩어지고, 마차를 끌던 말과 소들이 날뛰는 바람에 짐이 쏟아져 길이 엉망이 되지만 그들은 개의치 않았다.

화가 난 사람들이 욕을 하려고 고개를 돌렸을 때는 그들의 모습은 이미 까마득하게 멀어져 있었다.

낮에는 뽀얀 먼지를 날리며 그렇게 질주해 가고, 밤에는 이슬을 안개처럼 뿌리며 달려가는 세 필의 말들과 한 대의 마차.

두두두두—

그것들이 대지를 두드리는 말발굽 소리가 천둥소리처럼 울린다.

성문을 통과할 때도 그들은 속도를 늦추지 않았다.

성병들이 놀라 소리를 지르다가 입을 다무는 건 마차 안에서 내던져진 깃발 때문이었다.

성병들의 발아래 푹, 꽂히는 작은 삼각 깃발. 그리고 두둑한 전낭 하나.

"그냥 둬! 천화상단이다!"

수문장의 호통에 성병들은 '내가 지금 뭘 본 거지?' 하는 얼굴로 멍하니 저만큼 멀어지고 있는 뽀얀 먼지구름을 바라볼 뿐이었다.

"제기랄, 아무리 급한 일이 있어도 그렇지. 내려서 인사는 하고 지나가야 할 것 아냐?"

전낭을 집어 들며 투덜거리는 수문장의 음성에 맥이 빠져 있다.

마차와 그것을 호위하는 세 필의 기마는 벌써 그렇게 다섯 개의 성을 통과하고 있었는데, 매번 그와 같은 일이 벌어졌다.

"더 빨리, 서두르세요."

마차 안에서 맑고 낭랑한 음성이 그렇게 명령했다.

천둥소리 같은 말발굽 소리와 마차 바퀴 굴러가는 소리 때문에 장정이 악을 써도 들릴까 말까 한데, 그 낮은 음성은 귓가에 대고 속삭이는 것처럼 말을 달려가고 있는 세 사람에게 똑똑히 들렸다.

마차 안에 타고 있는 건 진소소였다.

천검보에서 나올 때는 화려한 옷차림에 한껏 치장을 한 모습이었는데 지금은 그렇지 않았다.

풍우주가의 점소이 노릇을 할 때 입었던 수수한 옷차림이었던 것이다.

하지만 그녀의 아름다움은 조금도 달라지지 않았다.

지난 며칠간의 쉴 새 없는 여행으로 지쳤을 텐데도 여전히 모란꽃처럼 화사하고 아름답다.

선두에서 길을 열어가고 있는 세 필의 천리마에 타고 있는 자들은 풍곡양과 종자허, 그리고 우문한이었다.

마부석에 앉아 연신 채찍을 휘두르고 있는 자는 바로 가중악이다.

천하를 경동시키기에 부족하지 않은 그들 네 사람이 한꺼번에 나선 건 천화상단 내에서도 유례없는 일이었다.

우문한이 백무향 곁을 떠나 이처럼 진소소와 함께 있다는 것도 의아한 일이다.

"어떻게 되었느냐?"

굵은 음성에 대전 안의 유등 불꽃이 춤을 추듯 일렁거린다.

높은 단 위에 오연하게 앉아 있는 한 사람.

짙은 남색의 무복 위에 장삼을 걸쳤고, 비단 허리띠를 둘렀으며, 머리에는 금으로 장식한 관을 썼다.

도사인지 속인인지 언뜻 분간할 수 없는 노인인데, 검은 수염이 가슴까지 늘어졌고, 얼굴빛이 붉다.

두 눈에서 이글거리는 정광이 쉴 새 없이 뻗어나오는 것이 대단한 기세였다.

대전의 좌우에 각기 열 명씩의 건장한 사내들이 목석을 깎아놓은 것처럼 우뚝 서 있고, 그 한복판에 세 명의 사내가 품자형으로 엎드려 있었다.

마치 황제를 알현하는 자리 같다.

앞에 엎드려 있는 자가 머리를 조아리고 조심스럽게 보고했다.

"확인된 바대로라면 지금 두 무리가 움직이고 있습니다."

"그래?"

"한쪽은 천검문이 확실하고 한쪽은 천화상단입니다."

"천검문이라고?"

태사의에 오연하게 앉아 있던 검은 수염 노인의 눈썹이 꿈틀, 했다.

"확인했느냐?"

"모두 복면을 하고 있습니다만 틀림없습니다."

"짐작만 가지고는 안 된다. 천검문이 개입했다면 이건 더욱 그렇지."

"그들을 이끌고 있는 자가 옥기린이라는 애송이인 걸로 보아 틀림없습니다."

"확인했겠지?"

"물론입니다."

그렇다면 천검문이 움직인 게 확실하다.

노인이 침중한 안색이 된 얼굴을 약간 숙였다. 손가락을 규칙적으로 움직여 의자의 팔걸이를 톡톡 치는 것이 무언가 깊은 생각에 빠진 것이다.

무거운 침묵이 지루하도록 흐른다.

누구도 감히 입을 열어 말할 수 없음은 물론, 숨마저 크게 쉴 수가 없는 절대적인 적막이다.

바늘 한 개가 떨어져도 그 소리가 천둥치는 것처럼 들릴 지경인 그런 침묵은 그곳에 있는 자들 모두의 진을 빼기에 충분했다.

일각이 천 년은 되는 것처럼 더디게 흐르는 것 같다.

그리고 비로소 노인이 그 침묵을 깨뜨렸다.

"그들의 움직임은 아직 없느냐?"

기다렸다는 듯 보고자의 떨리는 음성이 뒤따랐다.

"그렇습니다. 그들은 단지 지금의 자리를 굳게 지키고 있을 뿐입니다. 어디에서도 조금의 움직임조차 감지되지 않고 있습니다."

"그건 정말 알 수 없는 일이로군. 이상해. 이상한 일이야. 대체 왜 그러는 걸까……."

노인이 말하는 '그들' 이란 바로 패천마련이었다.

그들은 무림맹을 꺾고 대세를 장악했다. 그렇다면 군림하는 자로서의 위세를 떨쳐야 당연한 일인데 꼼짝하지 않고 있었던 것이다.

그건 검은 수염의 노인뿐만 아니라 강호에 몸담고 있는 자라면 누구나 이상하게 생각할 만한 일이었다.

패천마련에 속해 있는 그 많은 마두들이 얼마나 패악스럽고 무도한지 모르는 사람은 아무도 없다.

그런 자들이 제 성질을 죽인 채 이처럼 납작 엎드려 있기만 하다는 게 더 불안하다.

그 안에 무언가 심중한 음모가 있거나 아니면 패천마련 자체에 밖으로 드러나지 않은 커다란 문제가 발생한 건지도 모른다.

그 생각으로 노인의 이마에 몇 가닥의 주름살이 더 잡혔다.

'음모가 있는 거라면 극히 조심하고 움직이지 말아야 할 때다. 하지만 그들에게 문제가 발생한 거라면 천재일우의 기회인지도 모르지.'

어떻게든 지금은 움직여야 할 때인데 패천마련의 눈치를 보느라고 이렇게 망설일 수밖에 없으니 답답하기도 했다.

다시 무거운 침묵이 흐르고, 무언가 제 생각에 골몰해 있던 노인이 지나가는 말처럼 물었다.

"그런데 천검보와 천화상단이 손을 잡았다는 건?"

"확인된 바는 없습니다만 그럴 것이라는 심중은 점점 커져가고 있습니다."

"근거는?"

"근자에 들어 천화상단의 움직임이 활발해졌는데, 분쟁의 조짐이 보이는 곳마다 어떻게 알았는지 천검보의 무사가 출몰해서 수습해 줍니다."

"그들은 패천마련의 눈치도 보지 않는단 말이냐?"

"지금으로서는 그렇습니다. 패천마련의 영역은 철저하게 지켜주면서 그 밖의 지역에서는 자신들의 영향력을 아무 거리낌 없이 행사하고 있습니다."

보고를 했던 자가 조심스럽게 머리를 들었다.

오십 줄에 접어든 사내였다.

눈빛이 날카롭고 매부리코에 하관이 빠졌는데, 세 가닥 염소수염이 난 것이 교활하면서 냉혹해 보이는 인상이다.

단상의 노인이 단호한 음성으로 명령을 내렸다.

"계속 그들의 동태를 감시하고 수시로 보고하도록."

"존명!"

그자가 깊이 부복하여 명을 받은 다음 조심스럽게 물러나자 뒤에 있던 자가 머리를 조아렸다.

노인의 명령이 다시 떨어진다.

"너는 십천각의 모든 인원을 출동 준비시켜 놓고 대기해라. 명이 있을 시 즉각 출동하는 데 일각의 지체함도 있어서는 안 된다."

"존명!"

그자가 물러나고 마지막 세 번째 인물이 무릎걸음으로 나와 머리를 조아린다.

"열 명의 추적조를 이끌고 네가 직접 진소소의 뒤를 쫓아라. 은밀하되 낱낱이 지켜보아야 하고 추호의 실수도 있어서는 안 된다. 실패했을 시에는 죽음으로 죄를 물을 것이다."

"존명!"

세 번째 인물이 복명하고 물러났다.

날카로운 인상에 호리호리한 중년의 사내인데, 얇은 입술을 질끈 깨물고 있는 것이 이번 임무에 제 목숨이 걸려 있음을 절감한 얼굴이었다.

잠시 후, 웅장한 보의 문이 활짝 열리고, 그리로 열 명의 사내들이 나왔다.

제각각의 복색에 특징이라고는 없는 자들이었다. 그들의 선두에서 빠르게 걷는 중년의 사내는 대전 안에서 마지막으로 명령을 받고 나갔던 바로 그자였다.

허름한 평복에 챙이 넓은 죽립을 썼고, 등에는 낡은 보따리 한 개를 짊어지고 짚신을 신은 것이 어디 먼 길을 가는 심부름꾼의 행색이었다.

그들의 등 뒤에서 보의 웅장한 문이 미끄러지듯 닫혔다. 그 위에 〈위진천하(威振天下) 천룡제일보(天龍第一堡)〉라고 새겨진 금색 현판이 찬란하게 빛나고 있었다.

천검보와 함께 강호의 이보로 꼽히는 천룡보였던 것이다.

웅크리고 있던 거대한 이무기들이 서서히 용틀임을 하기 시작한 것이다.

대전 안에서 막중한 위엄을 두르고 있던 흑염의 노인은 바로 천룡보의 보주였다.

강호에서 진천패왕(振天覇王)이라고 불리는 왕가경(王架景)인 것이다.

별호가 무색할 만큼 무지막지하고 냉혹 잔인하기로 이름 높은 강호의 절대자 중 한 명이다.

천검보와 천룡보가 움직였으니 삼장으로 꼽히는 다른 세 곳 또한 이미 움직였거나 조만간 그럴 것이다.

이보 삼장이 모두 그렇게 세상에 나온다면 강호가 그들 간의 각축전으로 인해 한차례 피에 잠기게 될지도 모르는 일이건만 패천마련은 꿈쩍도 하지 않고 있었다.

거대한 공룡이 낮잠에 취해 버린 것 같다.

그 무렵, 일천여 리 떨어진 호북성 서쪽 끝 대신의가산에서도 강호에 알려지지 않을 비사(秘事)가 꿈틀거리고 있었다.

*　　　*　　　*

눈보라가 하늘과 땅을 뒤덮을 듯 몰아치고 있었다.

귀청을 찢는 날카로운 바람 소리는 수만 개의 화살이 나는 것 같다.

불과 십여 걸음 앞이 보이지 않을 정도로 몰아치는 눈보라.

세상은 온통 꽁꽁 얼어버리고, 그 지독한 눈보라에 갇혀 버렸다.

그 속에 한 사람이 우뚝 서 있었다.

흰 수염과 흰 옷자락이 찢어질 것처럼 펄럭인다.

미친 바람이 몸뚱이를 사정없이 흔들어대지만 그는 말뚝을 박아놓은 것처럼 움직이지 않았다.

이 시대의 절대자.

대마존(大魔尊).

패천마련으로 불리는 마계오천(魔界五天)의 주인인 거령신마(巨靈神魔) 무극전(武極全)이었다.

그가 홀로 패천마련의 총단이 있는 대신의가산(大神衣架山) 정상에 서 있는 것이다.

신의봉(神衣峰).

대신의가산의 주봉인 그 바위 봉우리는 구름을 뚫고 칼처럼 치솟아 있었다.

누구도 감히 올라올 엄두를 내지 못하는 높은 봉우리.

언제 바람이 불지, 언제 눈보라가 휘몰아칠지, 언제 파란 하늘을 찌를지 알 수 없는 변덕스런 봉우리이기도 하다.

지금 도도하게 세상을 굽어보며 우뚝 솟아 있는 그곳은 한겨울이었다.

산 아래의 세상은 아직 가을이지만 신의봉에는 눈보라가 사납게 몰아치고 있었다.

살을 얼리고 뼈를 부술 것 같은 추위와 눈보라가 신의봉을 휘감고 있었다.

그 속에서 절대자는 무려 반 시진 가까이 홀로 서 있었다.

한 사람이 오기를 기다리고 있는 것이다.

그를 이렇게 기다리게 할 사람이 과연 이 세상에 있을까?

있다면 그게 누구일까?

세상 사람들이 이 사실을 안다면 다들 놀라 자빠질 것이다.

그리고 그 사람이 왔다.

봄은 좋더라, 머물지 않아도[留春春不駐]
저만 가고 우리만 남아 서럽지[春歸人寂寞]
바람은 싫더라, 나는 싫더라[厭風風不定]
꽃샘에 지는 꽃이 얼마나 많다고……[風起花蕭奈]

날카로운 바람 소리와 눈보라를 뚫고 저 멀리에서 낭랑한
노랫소리가 들려오기 시작했다.

　백락천(白樂天)의 낙화부(落花賦)에 제멋대로 곡을 붙이고
제멋대로 노래를 부르는 것인데, 그 맑고 청아함이 귀를 번쩍
뜨이게 할 만했다.

　무극전이 지그시 감고 있던 눈을 떴다.

　한줄기 신광이 태양처럼 강렬하게 뻗어나간다.

　미친 듯 휘날리던 눈보라마저 그 눈길 앞에서 주춤하는 것
같았다.

　바람 소리가 천지를 뒤집어엎을 듯하고, 눈보라가 신의봉을
깎아낼 것처럼 요란스러웠지만 낭랑한 그 노랫소리는 점점 뚜
렷이 들려왔다.

　바람에 흩어지지도, 눈보라에 묻히지도 않는다.

　무극전의 흰 머리와 수염에는 하얗게 눈이 달라붙어 고드름
이 매달릴 지경이었다.

　그 상태로 그는 꼼짝도 하지 않고 서서 들려오는 노랫소리
에 귀를 기울이고 있었다.

　주름진 눈가에 잔경련이 물결친다.

　"사매⋯⋯."

　문득 굳게 닫혀 있던 입술이 파르르 떨리더니 알 수 없는 웅
얼거림이 흘러나왔다.

　굳어 있던 얼굴이 회한과 고통으로 일그러진다.

　노랫소리는 더욱 가까운 곳에서 들려왔다.

지독한 눈보라 때문에 사람은 보이지 않지만 그의 낭랑한 음성은 벌써 다가와 무극전을 감싸며 맴돌았다.

바람은 싫더라, 나는 싫더라[厭風風不定]
꽃샘에 지는 꽃이 얼마나 많다고…….[風起花蕭奈]

노래의 끝은 무극전의 귀에 대고 속삭이는 듯했다.

달콤하고 은밀하다.

"으음—"

기어이 무극전의 입에서 길고 긴 탄식이 흘러나왔다.

그 지독한 눈보라를 뚫고 천천히 다가오는 한 사람을 본다.

센 바람 속에서 찢어질 듯이 펄럭이는 남빛 치맛자락과 남빛 저고리.

치렁치렁 늘어진 검은 머리카락을 비단 띠로 단단히 동여맸고 양털로 짠 모자를 깊이 눌러썼다.

어깨에는 두터운 겉옷을 단단히 동이고 있었는데, 귀한 사향의 가죽으로 만든 덧옷이었다.

여인.

이 눈보라와 바람을 뚫고 이 높은 산 정상에까지 올라온 한 사람의 여인.

그녀가 걸음을 옮길 때마다 허리에 매달고 있는 패옥이 부딪쳐 짤랑거리는 맑은 소리를 냈다.

다가오는 그녀를 바라보는 무극전의 얼굴에 파도치듯 경련이 인다.

활짝 핀 모란꽃보다 화사하고 아름다운 중년의 한 여인.

염라화 백무향이었다.

"사매… 정말 나를 찾아왔구나."

무극전이 그녀를 향해 한 걸음 다가서며 어눌한 음성으로 중얼거리듯 말했다.

그는 사람들 앞에서 백무향을 지칭할 때는 백 선배라고 깍듯이 호칭했다.

그런데 지금 그녀를 마주 대해서는 서슴없이 사매라고 불렀다.

그에게 백무향은 선배인 동시에 사매였던 것이다.

강호에서 활동한 이력으로 보면 확실히 백무향이 무극전보다 몇 년 빨랐으니 선배였다.

그러나 사문에 들어온 것은 무극전보다 몇 년 늦었으므로 사매일 수밖에 없다.

그래서 무극전은 강호의 일을 두고 그녀를 말할 때는 선배라 불렀던 것이다.

강호에는 그들 사이의 그런 복잡한 관계가 조금도 알려지지 않고 있었다.

짐작하는 사람조차 전무하다.

그들 두 사람만의 비밀인 것이다.

지금 무극전은 백무향을 사매라고 불렀다.

그건 곧 사문의 일을 논하겠다는 뜻이고, 또 그녀를 이렇게 만나고 있는 이유가 그것이기도 했기 때문이다.

염라화 백무향이 그를 바라보며 활짝 웃었다.

온 세상이 밝아지고, 눈보라마저 물러가게 하는 그런 화사한 웃음이었다.

"사형, 그동안 당신도 많이 늙었군요."

"세월은 기다려 주지 않지. 하지만 사매의 모습은 그때와 다름없으니 그 무정한 세월도 사매에게만은 고개 숙인 것 같구나."

"흥."

백무향이 쌀쌀맞게 코웃음 쳤다.

그녀의 등장에 놀란 것인지, 그토록 요란하던 눈보라가 빠르게 가라앉고 있었다.

안개처럼 짙은 구름이 달아나듯 흩어져 사라지고, 온 산을 흔들어대던 바람도 잠잠해진다.

언제 그토록 아우성을 쳤었느냐는 듯 신의봉은 멀쩡하게 서 있었다.

하늘은 파랗고, 싸늘한 공기가 뼛속으로 스며든다.

나무 한 그루, 풀 한 포기 자라지 못하는 높은 바위 봉우리.

눈과 얼음뿐인 세상.

그 한가운데 마주 서 있는 두 사람은 말이 없었다.

쩽, 하고 부서져 흩어지는 햇빛 때문에 눈이 부시다.

백무향의 눈길이 조금씩 매서워져 갔다. 그에 비해 그녀를 바라보는 무극전의 눈 속에는 회한의 그늘이 커진다.

"배신자."

입술을 파르르 떨던 백무향이 불쑥 내뱉은 한마디의 말.

무극전이 어깨를 움찔 떨었다.

더욱 어둡게 가라앉은 눈길로 그녀를 물끄러미 바라볼 뿐 아무 말도 하지 않는다.

그럴수록 백무향의 화사하던 얼굴은 점점 표독스럽게 변해갔다.

이마저 뽀드득 갈며 노려보던 그녀가 다시 불쑥 말했다.

"나를 그 지옥에 영영 가두어놓을 수 있을 줄 알았겠지?"

"그렇지… 않다."

"그렇다면 내가 그곳에서 나오기만을 기다리고 있었던 거로군."

"……."

"자, 이렇게 나왔고, 이렇게 찾아왔어. 나에게 무언가 해줄 말이 있을 텐데?"

"그렇다."

"잘됐군. 나도 네놈에게 해줄 말이 있으니까."

무극전의 얼굴이 일그러진다.

"사매, 너는 아직도 내 마음을 알아주지 않는구나."

"흥, 배신자의 마음 따위 내가 알게 뭐야?"

"적어도 알아주려는 노력은 할 수 있지 않을까?"

"내가 왜?"

"옛정을 생각해서라도 나를 한 번쯤은 이해해 주기를 바란

다. 나의 그런 소망은 그때나 지금이나 다르지 않아. 간절한
것이지."

"그래서 나를 죽이지 않았다고 말하고 싶은 거야? 그 지옥
속에 떨어뜨려 준 걸 감사하라고?"

"하— 사매, 사십여 년이 지났지만 나는 그날을 똑똑히 기억
하고 있다. 그곳에 들어가기를 원한 건 바로 너였어. 나는 오
히려 만류했었다."

그 말에는 백무향이 고개를 숙이고 침묵했다.

옛날을 돌이켜 보는 듯 고운 얼굴에 수심과 노여움과 그리
움이 교차한다.

물끄러미 그녀를 바라보는 무극전의 얼굴도 그와 같았다.

한동안 그들 사이에 이 산봉우리처럼 무거운 침묵이 흘렀
다.

"좋아."

백무향이 발딱 얼굴을 들었다. 야무지고 단단해져 있다.

"그때의 일은 더 말하지 않겠어. 하지만 이것만은 말하지 않
을 수 없지."

"……."

"수라신경의 행방에 대해서는 이제 알아냈겠지?"

수라신경(修羅神經).

백무향이 그 말을 꺼내자 무극전의 얼굴이 급속히 굳어졌
다.

"어쩌면 벌써 손에 넣었는지도 모르겠군. 그렇다면 그걸 나

에게 넘겨. 용서받고 싶다면 말이야."

"……."

"그 길만이 당신이 사문에 속죄하는 유일한 길이야. 그러지
않으면……."

이글거리는 그녀의 눈빛이 바위라도 녹여 버릴 듯 뜨거워진
다.

한동안 백무향을 바라보던 무극전이 낮고 무겁게 말했다.

"아직 알아내지 못했다. 내가 오히려 너에게 그것을 묻고 싶
었는데 네가 먼저 말을 꺼내는군."

"흥, 그 말을 내가 믿을 줄 알고? 당신의 말은 이제 하나도
믿지 않아."

"믿지 않아도 어쩔 수 없다. 나도 사라져 버린 본 문의 신경
을 애타게 찾고 있으니까."

"그것 때문에 사문의 계율을 깨뜨리고 강호에 나와서 천하
를 손아귀에 넣었는데 아직도 수라신경을 찾지 못했다고?"

"그렇다."

"흥. 그럼 대체 무엇 때문에 사문을 배반하면서까지 강호에
나왔던 거지? 무엇 때문에 무림맹을 정벌하고, 무엇 때문에 절
대자의 위치에 오른 거지?"

"무림맹에 사문의 신경이 있다는 말은 거짓이었다. 어디에
도 그런 건 없었어."

"못 믿어! 아니, 안 믿어!"

"너 또한 절대무제 적무광에게서 충분히 알아보았을 텐데?

너의 뜻대로 그를 붙잡아 지하 뇌옥에 떨어뜨려 준 건 바로 너의 그런 오해를 받고 싶지 않아서였다."

"흥!"

거기에 대해서는 백무향도 할 말이 없는 듯 코웃음만 쳤다.

그녀는 절대무제 적무광에게 온갖 수단과 방법을 다 써서 진실을 알아내려고 했었다.

무림맹에 수라신경이 있다면 맹주인 적무광이 그것을 모를 리가 없지 않은가.

그러나 적무광은 수라신경에 대해서 조금도 알지 못하고 있었다.

백무향은 사문의 신경이 무림맹에 있지 않다는 걸 확인하고 실망했을 뿐이다.

그녀가 지옥에서 적무광을 다그치고 구슬리는 동안 지상에서는 무극전이 무림맹을 정벌하고 구석구석 이 잡듯 뒤졌던 게 틀림없었다.

하지만 찾지 못했다.

두 사람 사이에 다시 무거운 침묵이 흘렀다.

이번에는 무극전이 먼저 입을 열었다.

"구천수라신교는? 아직 남아 있는 것이냐?"

"당신이 이렇게 살아 있으니 없어질 수가 없지. 복수를 하지 못했는데 어찌 사라질 수가 있겠어?"

"나를 비난해도 좋다. 하지만 네가 진정 구천수라신교를 지키고 싶어한다면 나에게 그 비밀을 털어놓는 게 좋을 것이다."

"당신의 말은 틀렸어. 나는 구천수라신교의 호법으로서 반역도를 처치하고 교세를 다시 일으켜 세울 의무가 있는 사람이다. 그런 내가 본 교의 비밀을 반역도에게 말해줄 것 같은가?"

그 말을 할 때의 백무향은 전혀 다른 사람이 된 것 같았다.

엄숙하고 비장하다.

무극전도 다른 사람처럼 변했다. 냉엄하고 패도적인 위엄으로 가득한 본연의 모습으로 되돌아온 것이다.

"나는 본 교를 배반한 게 아니다. 오히려 본 교로부터 버림받았지. 네가 그 사정을 얼마나 깊이 안다고 나를 비난하는 것이냐?"

"그 사정 따위는 몰라도 상관없어. 알고 싶지 않아. 내가 아는 건 단 한 가지 사실일 뿐이야. 바로 네가 사부님을 시해했다는 그것!"

피유우우—

그녀의 말이 끝나기 무섭게 잠잠했던 바람이 갑자기 회오리치며 살아났다.

매섭게 달려든다.

날카로운 그 소리가 마치 지옥의 원귀들이 아우성을 치며 마구 달려드는 것 같았다.

第三章

비밀(秘密)

鳳鳴刀
용명도

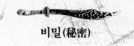

비밀(秘密)

무극전의 얼굴이 놀람으로 창백해졌다.

저도 모르게 어깨를 떨며 한 걸음 물러섰다.

"으음—"

그의 신음 소리가 사나운 바람 소리에 묻혀 버린다.

그리고 백무향의 칼날 같은 음성이 다시 들려왔다.

"나는 그걸 용서할 수 없다! 그 믿고 싶지 않은 사실 앞에서 네가 본 교를 배신했다는 것쯤은 그다지 큰 게 아니지."

"……."

"나는 너에게 마지막으로 참회할 기회를 주고 싶었다. 그래도 동문이었다는 정을 생각해서 자비를 베풀고자 했던 것이지. 하지만 너는 그것마저도 거부하는군."

그녀는 이제 서슴없이 '너'라고 호칭했다.

무극전이 눈살을 찌푸렸으나 묵묵히 받아들인다.

"사매의 마음은 잘 알았다. 그러나 나에게는 사매가 원하는 게 없다."

"흥, 그렇다면 구천수라신교에 대해서 궁금해하는 이유는 뭐지?"

"사문에 대한 한 가닥 연민이라고 해두자."

"거짓말! 너는 아직도 본 교를 지배하고 싶은 야욕을 가지고 있는 거야! 그 때문에 수라신경이 필요한 것이기도 하고."

"좋다. 그 말을 부정하지 않겠다."

무극전이 침중한 얼굴로 고개를 끄덕이고 나서 말했다.

"본 교를 부활시키고, 이 넓은 천하에 본 교를 알리며, 본 교의 힘과 교리로 억조창생을 교화시켜 무량복지정토를 현세에 건설하려는 내 뜻을 사매가 이해해 주기만을 바랄 뿐이다."

"거짓말!"

백무향이 더욱 큰 목소리로 소리쳤다.

그녀의 음성이 허공에 쩡쩡 울려 퍼진다.

"위선자, 위군자! 네가 원하는 게 오직 본 교의 신공이라는 걸 나는 다 알고 있어! 그것 때문에 수라신경을 원하는 거지!"

"……"

"그것을 찾았지만 찾을 수 없었겠지. 그러자 수라신경이 혹시 여전히 본 교 안에 감추어져 있는 건 아닐까, 하고 의심하게 된 거야. 그래서 구천수라신교를 찾고 있는 거지. 내 말이 틀렸어?"

"······."

"흐흥, 내가 지옥에서 나오는 걸 모르는 척 눈감아준 것도 그런 이유가 있었던 거야. 나를 통해서 본 교의 총단을 찾아내고, 수라신경을 찾아낼 속셈이었던 거지."

"부정하지 않겠다."

무극전의 얼굴이 더욱 냉엄해졌다. 엄숙하기까지 하다.

"나는 껍데기뿐인 천하제일인은 되고 싶지 않다. 진정한 천하제일인이 되어서 세상을 지배하고자 하는 것이다. 유일무이한 절대자가 되기를 원하지."

"그게 가능한 일이라고 생각한다면 그때나 지금이나 너는 여전히 어리석은 거야."

"천만에. 나는 지금 세상의 팔 할밖에 갖지 못했지만 수라신경을 손에 넣고 구천수라신교의 힘을 내 것으로 만든다면 완전한 천하를 얻을 수 있다."

그 말을 하는 무극전의 얼굴에는 자부심과 오만이 한껏 드러나 있었다.

"그러면 본 교의 교의로써 온 천하 만민을 다스릴 수 있게 되지. 그게 본 교의 목적이기도 하지 않느냐?"

"흥, 헛소리."

백무향이 코웃음 치지만 무극전의 개의치 않았다.

"사매가 본 교의 이념을 잊지 않고 있다면 내가 그러한 목적을 달성하도록 도와주어야 할 것이다."

백무향이 머리를 절레절레 흔든다.

"너의 그 지독한 독선이 나는 정말 싫어. 어째서 너만이 그 일을 할 수 있다고 믿는 건지 정말 궁금해."

"내가 바로 무극전이기 때문이다. 나를 대신할 수 있는 사람은 아무도 없어."

"흥, 본 교의 이념으로 억조창생을 평안케 하는 건 누구 한 사람이 할 수 있는 게 아니야. 그건 바로 본 교의 정신이 그렇게 하는 것이다. 네가 아니라 본 교의 숭고한 의지가 그렇게 할 수 있는 거야."

"내가 바로 본 교의 정신이며 의지이고 미래다!"

"헛소리!"

그녀의 외침에 살기가 실린다.

그래서 놀란 것일까? 슬그머니 가라앉았던 바람이 다시 쌩, 하고 불어왔다.

발아래에서 눈을 가득 품고 있는 구름도 크게 일렁이더니 빠르게 몰려든다.

한 번 불기 시작하자 바람은 서로를 부르며 걷잡을 수 없이 거세졌다.

피유우우—

온 산을 뒤흔들고, 신의봉을 무너뜨릴 것처럼 사납게 휘몰아친다.

다시 눈보라가 날리기 시작했다.

천지의 종말이 온 것처럼 지독한 어둠이 신의봉을 감싸 버렸다.

사방을 분간할 수 없도록 눈보라가 휘날리고 무서운 바람이
분다.

우르르르—

저 먼 곳에서 산사태가 나는 모양이었다.

신의봉 전체가 은은한 진동을 일으켰다. 금방이라도 무너질
것 같은 두려움을 가져다주지만 마주 서 있는 무극전과 백무
향은 꼼짝도 하지 않았다.

어둠 속에서 새파랗게 번쩍이는 두 사람의 눈빛이 지독한
눈보라를 뚫고 부딪쳤다.

그리고 백무향의 고함 소리가 날카롭게 들려왔다.

"구천수라신교의 호법으로서, 사부님의 제자로서 배신자를
처단하겠다!"

말을 마치기 무섭게 그녀의 신형이 그대로 폭사되었다.

콰앙—

터져 나오는 무시무시한 장력.

그것이 무극전의 가슴을 노리고 짓쳐들지만 무극전은 보지
못한 것처럼 서 있기만 했다.

한순간, 백무향의 일격이 와 닿은 그 순간에 무극전이 불쑥
가슴을 내밀었다.

두꺼비가 바람을 잔뜩 빨아들여 제 배를 부풀린 것처럼 무
극전의 몸이 그렇게 부풀어 오른 것 같았다.

그가 버럭 소리쳤다.

"너의 이 일장으로 사문에 진 빚을 대신하겠노라!"

퍼엉—

그의 가슴에 백무향의 장력이 그대로 작렬했다.

터져 나오는 요란한 폭발음.

천 개의 가죽 부대를 일시에 터뜨린 것 같은 굉음에 눈보라 들이 사방으로 밀려 나갔다.

무극전은 얼굴이 붉어져 있었다.

여전히 가슴을 부풀리고 있다.

"우욱!"

신음성을 터뜨린 건 일장을 날린 백무향이었다.

일장을 날렸지만, 고스란히 제게 돌아온 반탄지력을 감당하지 못하고 비틀거리며 세 걸음이나 물러선다.

하지만 그녀는 더 빠르게 튕겨져 올랐다.

슈아앙—

파공성을 뒤에 둔 무서운 속도로 다시 부딪친다.

"이얏!"

앙칼진 외침과 함께 그녀의 두 손이 창백한 빛 덩어리를 뿌렸다.

쿨럭, 하고 낮은 기침을 터뜨린 무극전이 일그러진 얼굴을 들고 그것을 보았다.

"허억! 파천일기(破天一氣)!"

백무향의 두 손에서 쏟아져 나오는 광채를 본 그가 놀람으로 얼굴을 일그러뜨렸다. 그것이 사문의 절세신공인 때문이다.

무극전이 애써 기혈을 억누르며 다시 내력을 끌어올렸다.

백무향의 기격 앞에 온몸을 내맡긴 채 당당한 모습으로 버티고 서서 창노하게 외친다.

"너의 두 번째 장을 맞음으로써 사부님에 대한 죄를 대신하노라!"

쐐애액, 하는 날카로운 파공성을 터뜨리며 뻗어나간 그녀의 파천일기공이 그대로 무극전의 가슴에 다시 한 번 작렬했다.

바위를 가루로 만들기에 충분한 그녀의 기격.

하지만 무극전은 피하거나 막지 않았다.

"흡!"

숨을 한껏 들이켜 가슴을 부풀린 채 여전히 우뚝 서서 그녀의 십이성 공력이 깃든 일장을 그대로 받아낸다.

콰아앙—

조금 전보다 더 크고 웅장한 폭발음이 터져 나왔다.

우르르르—

신의봉 전체가 지진을 만난 것처럼 흔들렸다.

그것에 화답하듯 멀리서 가까이에서 산사태가 쏟아져 내린다.

쿠르르르—

하늘과 땅이 뒤집히는 것 같은 격동 속에서 무극전은 비틀거리고 있었다.

울컥, 한 모금의 선혈을 토해낸다.

고통으로 일그러진 얼굴에 핏기가 사라졌다.

하지만 그는 여전히 쓰러지지 않고 서 있었다.

얼굴빛이 창백하게 변했고, 두 눈에 핏발이 섰지만 무너지지 않았다.

악문 입술이 파르르 경련을 일으키고, 그 사이로 무거운 신음성이 흘러나왔다.

"크으으—"

백무향 또한 신음성을 흘리고 있었다.

제가 쳐낸 파천일기공의 반탄지력 때문에 두 손이 마비될 지경이었다.

다섯 걸음이나 쿵쿵거리며 밀려났던 백무향이 피가 나도록 입술을 악물었다.

눈빛이 더욱 표독해지고, 살기가 서릿발처럼 돋아난 얼굴로 눈보라 속에 우뚝 서 있는 무극전을 노려본다.

"네놈이 그새 본 교의 무상수라신공을 십이성 이루었구나. 축하해 주지 않을 수 없지."

전력을 다해 쳐낸 자신의 장력을 두 번씩이나 맨몸으로 받아낼 수 있는 호신기공은 이 세상에 오직 무상수라신공밖에 없다는 걸 그녀는 잘 알고 있었다.

무극전이 사문의 그 신공을 대성했다는 사실에 백무향은 더욱 분노했다.

"너를 죽여 문호를 정리하고 신공을 거두겠다!"

앙칼지게 외친 그녀가 빠드득 이를 갈고 두 팔을 크게 휘둘러 원을 그리며 자신의 내공을 극한으로 끌어올렸다.

후우웅, 하는 웅장한 소리가 나면서 뽀얀 기의 강막이 일어 그녀의 몸을 뒤덮었다.

마치 한 겹 아지랑이의 너울을 뒤집어쓰고 있는 것 같은 모습이다.

백무향은 자신의 최고 절기인 빙옥마장(氷玉魔掌)을 쳐내려는 것이었다.

운기하자 그녀의 오른손 손바닥 위에 투명한 푸른빛을 발하는 구체가 형성되었다.

한 치 정도 허공에 뜬 채 빙글빙글 맴돌고 있다.

그녀의 칠십 년 공력이 만들어낸 빙옥기의 정화였다.

빙옥마장의 정령이기도 하다.

그것을 바라보는 무극전의 두 눈에 언뜻 갈등의 기색이 떠올랐다.

그러나 그는 여전히 움직이지 않았다. 눈을 부릅뜬 채 백무향을 노려볼 뿐이다.

그리고 다시 사자후를 터뜨렸다.

"세 번째 장을 맞음으로써 너에게 지은 죄를 대신하겠노라!"

그의 말이 끝나기 무섭게 백무향이 목청껏 외쳤다.

"나에게 저지른 너의 죗값은 죽음으로도 부족해!"

그리고 그녀의 입에서 날카로운 기합성이 터져 나왔다.

두 손을 합하여 힘껏 밀어낸다.

허공에 쩌르릉, 하는 요란한 기음이 폭사되었다.

두꺼운 얼음이 깨지는 것 같은 소리이고, 바위 봉우리가 쪼개지는 것 같은 굉음이었다.

빙옥마장이 뻗어나가는 푸른빛의 공간이 순식간에 얼어버렸다.

쩡!

그곳에 떨어져 내리던 눈보라가 그대로 얼음이 되어 얼어붙어 버리는 소리가 들린다.

바람마저도 꽝꽝 얼어서 움직이지 못하는 절대의 음기.

그것이 직선으로 백무광의 가슴을 향해 뻗어나갔다.

십여 장의 거리를 격한 채 쏘아낸 백무향의 빙옥마장은 상상을 초월하는 것이었다.

인간의 능력과 한계를 초월한 것이다.

신의 영역을 넘보는 무시무시한 힘.

극음지력.

그것이 빛살처럼 뻗어오건만 무극전은 움직이지 않았다.

숨을 멈춘 채 극대치로 끌어올린 호신기공을 가슴에 운집시킨다.

그리고 백무향의 빙옥마장이 그의 가슴에서 터졌다.

번쩍이는 청광이 태양보다 밝은 빛을 뿌리고, 그것에 실려 있는 형용 불가의 힘이 순간적으로 증폭되었다.

고오오오—

벼락이 치기 전, 멀리서 빠르게 다가오는 뇌음.

그것이 신의봉 전체를 감싼다.

그리고 폭발했다.

콰앙! 우르르르—

천번지복의 굉음은 세상을 뒤집을 만한 것이었다.

쿠르르르—

멀리서 쏟아져 내리는 산사태로 다시 한 번 신의봉이 요동을 쳤다.

딛고 있는 암반이 쩍쩍 갈라진다.

콰드드드—

신의봉의 바위 조각들이 요란한 소리를 내며 까마득한 절벽 아래로 떨어져 내렸다.

"크으으—"

아직도 남아 무섭게 일렁이고 있는 기파의 너울 속에서 무극전의 답답한 신음성이 흘러나왔다.

서서히 가라앉는 주위의 경물들 사이로 비틀거리고 있는 그의 모습이 보였다.

탐스럽게 늘어졌던 흰 수염이 토해낸 붉은 피로 물들었다.

옷자락 또한 울컥울컥 토해내는 그의 피로 인해 붉게 물들어간다.

그를 둘러싸고 있던 호신기공의 막은 깨졌다. 흩어져 버리고 보이지 않는다.

그러나 백무향은 네 번째 장력을 때려낼 수 없었다.

그녀는 풀썩 쓰러져 눈 속에 무릎을 꿇고 있었는데, 흰 눈이 그녀가 토해내는 선혈로 붉게 젖어가는 중이었다.

세 번.

무려 세 번에 걸친 그녀의 무시무시한 장력을 무극전은 맨몸으로 고스란히 받아냈다.

사람의 능력으로는 불가능해 보이는 백무향의 신위 아니던가.

그것을 무극전은 오직 호신기공만으로 버텨낸 것이다.

그리고 백무향은 과도하게 쏟아낸 진기와, 그것의 반탄력 때문에 심중한 내상을 입고 말았다.

무극전 또한 그와 같았다.

비록 그는 아직 서 있었지만 들끓어 오르는 내부의 기혈은 엄중한 내상을 입었을 때의 현상을 보여주고 있었다.

몇 차례 더 객혈을 하고, 고통스런 얼굴로 가슴을 움켜쥐고 있는 모습이 그것을 보여준다.

그가 간신히 입을 열었다.

기력이 쇠한 음성이 공허하게 흘러나온다.

"사매… 이것으로 나의 빚은 갚았다. 쿨럭, 쿨럭."

말을 마치고 심한 기침을 했다. 그때마다 뿜어지는 선혈이 허공을 붉게 물들인다.

"가라."

한동안 숨을 고르고 난 그가 힘없는 음성으로 말했다.

"다시 만난다면 그때는 내가 너에게 삼장을 때릴 것이다. 그리고 그때는 지금 같지 않을 것이다."

빠드득!

백무향이 고개를 들고 그를 노려보았다.

원한이 극에 이른 무서운 눈빛.

그것을 똑바로 받으며 무극전이 다시 말했다.

"너는 나를 죽일 수 없다. 아니, 천하에 나를 꺾을 수 있는 자는 없다. 오직 본 문의 수라신경만이 그것을 가능하게 해 주겠지. 그러니 네가 나를 죽이려면 그것을 찾아야 할 것이다."

"쿨럭, 쿨럭."

이번에는 백무향이 심하게 기침을 했다. 가슴이 컹컹 울리는 기침을 할 때마다 붉은 핏덩이를 토해낸다.

그녀가 간신히 진정하고 비틀거리며 일어섰다.

곱던 얼굴이 푸르게 변한 채였다.

빠드득!

다시 매섭게 이를 간 백무향이 온 힘을 다해 말했다.

"너 또한 그렇겠지. 죽지 않으려면 그것을 반드시 찾아야 할 테니까 말이다. 하지만 네 손에 돌아가신 사부님의 영혼이 과연 그것을 허락할까?"

"……."

"기다려라. 반드시 내 손으로 그것을 찾아 신공을 대성하고 말 테니까. 그런 다음에 다시 찾아오겠어. 그때는 이 세상에서 가장 처참한 죽음을 너에게 내릴 것이다. 사부님을 대신해서."

"기다리고 있겠노라."

"너라는 가증스런 인간 자체를 가루로 만들어 버리겠어. 영영 사라져 다시는 이 우주 공간에 존재하지 못하게 해버릴 테다."

지독하고 무서운 증오의 말이었다.

무극전은 묵묵히 그 말을 받아들였다. 눈마저 질끈 감아버린다.

백무향이 천천히 몸을 일으켰다.

잡아먹을 것 같은 눈으로 무극전을 한동안 노려본다.

그리고 천천히 돌아섰다.

제가 흘린 피로 붉게 물들어 버린 옷자락을 펄럭이며 눈보라 속으로 느릿느릿 멀어져 간다.

드디어 그녀의 모습이 완전히 사라지고, 무섭게 몰아치던 눈보라도 잠잠하게 가라앉아 갔다.

"우욱!"

비로소 무극전이 털썩 주저앉았다.

가슴을 움켜쥔 손이 고통으로 덜덜 떨리고 있었다.

백무향과 함께 바람과 눈보라도 사라졌고, 신의봉에는 다시 푸른 물이 뚝뚝 떨어질 것 같은 적막이 밀려들었다.

그 속에 가라앉은 것처럼 무극전은 홀로 무릎을 꿇고 있었다.

두 손으로 땅을 짚은 채 고개를 숙였다.

마치 천지신명에게 절을 하는 것 같은 모습이었고, 용서를 비는 것 같은 모습이었다.

그대로 굳어 석상이 된 것처럼 그는 움직이지 않았다.

*　　　*　　　*

장팔봉은 드디어 삼문협 아래에 있는 대우진에 이르렀다.

원래 작고 보잘것없는 나루였는데, 황하를 건너려는 사람들이 모여들면서 지금은 커다란 시진을 형성했을 만큼 발전해 있었다.

낮밤을 가리지 않고 사람들이 바글거린다. 거리든 객잔이든 여각이든 죄다 그렇다.

그럴 수밖에 없는 것이, 이 일대 일백 리 안에서 무탈하게 황하를 건널 수 있는 나루라고는 대우진이 유일했기 때문이다.

삼문협을 콸콸거리며 흘러내려 온 거친 물살이 대우진 위의 산자락과 만나면서 다섯 번이나 꺾이게 되니 자연히 그 기세가 순해질 수밖에 없었다.

게다가 대우진에 이르러 호수처럼 강폭이 넓어진다. 숨을 헐떡이며 달려 내려온 황하의 물줄기가 잠시 쉬어가는 곳인 것이다.

그날, 늦은 저녁 무렵에 장팔봉은 대우진에 무사히 도착했다.

오랫동안 마차 안에만 있었던 터라 막상 그것에서 내리니 현기증이 났다.

텁수룩한 마부에게 몇 마디 치하를 해주고 스무 냥을 건네주자 마부의 주름진 얼굴에 웃음꽃이 활짝 핀다.

장팔봉은 그가 부러워졌다.

휘적휘적 대낮처럼 붐비는 거리를 걸으며 제 신세를 생각해 보니 더욱 그렇다.

"제기랄, 사람은 그저 일을 하고 정당한 대가를 받으면서 살아야 하는 거야. 그게 행복이지. 암, 그렇고말고."

저도 모르게 중얼거리게 된다.

"나처럼 이렇게 엉뚱한 일에 휩쓸려서 강호를 헤매고 다녀봐야 나중에 남는 건 추억 조금하고 골병밖에 없는 거야. 에이구—"

고되게 일을 하고 돈을 받아서 집으로 돌아간다.

큰 기침을 하며 문을 밀고 들어가면 부엌에서 마누라가 앞치마에 손을 닦으며 나와 활짝 웃어준다.

방 안에 있던 토끼 같은 자식새끼들이 와, 소리 지르며 달려나와 폴짝 뛰어 안긴다.

그러면 품에서 엿가락을 하나씩 꺼내 나누어주고, 마누라에게는 장터에서 사 온 노리개 한 개를 슬그머니 건네준다.

다들 좋아 죽겠지.

그러면 '어흠, 어흠' 하고 으쓱거리며 의젓하게 방으로 들어간다.

그 삶이 얼마나 행복할 것인가.

그런 생각을 하자 갑자기 제가 초라해졌다.

"좋다. 이번 일만 마치고 나면 그렇게 할 테다. 강호고 지랄이고 다 때려치우고 고향에서 사부님 모시고 농사나 지으면서 살 테다."

그런 결심을 했다.

봉명도를 찾고, 지옥의 다섯 늙은 괴물 사부들에게 해준 약속만 지키고 나면 더 이상 강호에 미련을 둘 일도 없을 것이라고 생각한다.

"그런데 내가 정말 그 일을 할 수 있을까?"

문득 그런 회의가 들었다.

자신이 없어진다.

능파경(陵巴炅).

그가 누구인지, 어떻게 생겨먹었으며, 지금 어디에 있는지 조금도 알지 못한다.

오직 다섯 괴물 사부들을 지옥에 빠뜨린 원수라는 것만 알 뿐이다.

하지만 짐작 가는 건 있었다.

그 능파경이라는 자가 어쩌면 다섯 괴물 사부들보다 뛰어난 고수일지 모른다는 것이다.

그렇다면 그자야말로 진정한 천하제일인일 것이다.

패천마련의 마종으로 군림하는 거령신마 무극전보다 강하지 않겠는가.

"내가 그 빌어먹을 봉명도를 찾아서 그 안의 내공심법을 익힌다고 쳐. 과연 능파경인지 뭔지 하는 그 인간을 박살 낼 수

있을까?'

그런 회의가 들자 어깨가 축 늘어졌다. 절로 한숨이 나온다.

걱정은 또 있었다.

봉명도에 내공심법이 기록되어 있다고 해도 까막눈인 저로서는 뭐가 뭔지 하나도 알 수 없으니 있으나 마나일 것이라는 생각 때문이다.

누구에게 그것을 가지고 가서 읽고 해석해 달라고 해야 할 텐데, 누구를 믿을 수 있단 말인가.

"에휴― 사부님의 말씀이 하나도 틀린 게 없었어."

이제 와서 그런 후회가 드는 건 어렸을 때 그렇게 사부가 글을 가르치려고 애쓰던 생각이 나서였다.

하지만 장팔봉은 그 무슨 똥고집이었던지 한사코 글 배우기를 마다했다.

나가서 향시를 보고 진사시를 볼 것도 아닌데 글을 배워 뭐하느냐. 그냥 그 시간에 사문의 도법을 조금이라도 더 배우고 익혀서 그걸로 출세할 테다.

이런 억지로 종아리를 맞아가면서도 버텼던 것이다.

지금 다시 생각해 봐도 그건 대단한 의지이고 고집이었다.

오죽했으면 사부가 회초리를 꺾어 던지며 그랬겠는가.

"그래, 네 마음대로 해라. 네 마음대로 한번 살아봐. 나중에 후회해도 절대로 내 원망은 하지 못할 것이다."

그 말도 지금 생각해 보니 딱 들어맞는 예언 아닌가.

지독하게 후회하고 있지만 절대로 사부를 원망할 수 없으니 말이다.

그 고집 덕분에 사문의 삼절도법은 사부보다 오히려 더 능숙하게 쓸 수 있을 만큼 익혔고, 그걸로 무림맹에서 제법 행세하기도 했었다.

하지만 강호에 나와 보니 제가 익힌 그 삼절도법이라는 게 아무 쓸모 없는 삼류의 무공이고 허접스런 도법이라는 걸 절실히 깨닫게 되었다.

그걸 그렇게 죽어라고 익히던 노력과 정성을 글 읽는 데 쏟았더라면 지금쯤은 진사과에 급제해서 선비랍시고 거들먹거리고 있을지도 모른다.

어쩌면 현성의 관리 나부랭이가 되어서 조금 전에 제가 그려보았던 그림처럼 그렇게 행복하게 살고 있을지도 모른다고 생각하자 더욱 제 처지가 한심스러워진다.

그런 저런 생각으로 심난해져서 거리를 걷느라고 한 사람이 건들거리며 마주 오는 것도 보지 못했다.

툭.

어깨를 부딪친다.

술 냄새가 훅, 끼쳐왔다.

어디서 잔뜩 퍼마신 다음에 건들건들 밤거리를 쏘다니며 어디 건수가 없나 하고 스쳐가는 여자들만 열심히 곁눈질하던 놈이 틀림없다.

"이런 씨앙, 눈깔은 어디에 두고 다니는 거야?"

어깨는 제가 먼저 부딪쳐 놓고 오히려 대뜸 상스러운 소리로 호통을 치는 본새가 딱 그렇다. 대우진에 기생하는 건달인 것이다.

"파하―"

장팔봉은 땅이 꺼지게 한숨부터 내쉬었다.

왕년에 한두 번 이런 일을 겪어보았던가.

진행될 수순이며 결과가 눈에 빤히 보인다.

하긴, 저도 한때 이렇게 시비를 걸고 돈을 뜯어본 적도 있었다. 친구 놈들 불러내서 잔뜩 퍼마셨었지.

한껏 으스대며 호기를 부리던 그 철없던 시절의 제 모습이 눈에 그려지는 것 같아 부끄러웠다.

"그냥 가라. 없던 일로 하고."

그래서 점잖게 타이른 건데, 상대편은 그렇지 않은 모양이다.

"못 가겠다. 어쩔 건데?"

눈을 부라리며 버티고 선 것이 제법 당차 보인다.

하지만 체구가 작고 삐쩍 마른 놈이었다.

얼굴에 험하게 굴러먹은 티가 나고 눈매가 찢어졌지만 그저 별 볼일 없는 똘마니 냄새가 물씬 난다.

한눈에 그자를 쓸어본 장팔봉이 피식 웃었다.

뻔한 수법이고 눈에 그려지는 도안이었던 것이다.

그놈이 장팔봉의 턱 아래 머리통을 바짝 들이밀며 소리쳤다.

"사람을 쳤으면 사과를 해야지. 그냥 가라? 이게 어디서 배워 처먹은 버르장머리야? 키 좀 크다고 눈에 뵈는 게 없냐? 앙?"

장팔봉은 뒷걸음질치면서 실실 웃기만 했다. 가소롭다기보다는 귀여워 보였던 것이다.

많아야 스무 살이 조금 넘었을까. 떠꺼머리총각 놈이 생떼를 쓰는 꼴이 딱 왕년의 제 모습을 보는 것 같기도 해서 더욱 그렇다.

어디에서나 소란이 벌어지면 구경꾼들이 모여들게 마련이다. 불구경과 싸움 구경만큼 재미난 것이 없다지 않던가.

사람들로 북적거리던 거리가 더욱 와글바글해진다.

장팔봉과 떠꺼머리총각 놈을 가운데 두고 순식간에 텅 빈 공터가 만들어졌다. 그 주위를 사람들이 인의 장막을 친 듯이 둘러섰다.

"저게 누구야? 왕팔단이로구만."

"쯧쯧, 누군지 엄한 사람 하나 또 걸려들었군."

"왕팔단이의 저 땡깡에 걸려들었으니 빼도 박도 못하는 거지 뭐. 참 재수도 없는 놈이지 뭐야."

"외지인이지? 이곳 물정을 모르니 당할 수밖에."

수군거리는 소리가 장팔봉의 귀에 생생하게 들린다.

장팔봉은 바락바락 악을 쓰며 머리통을 들이밀고 있는 이 총각 놈의 이름이 왕팔단이라는 걸 알았다.

대우진에서 제법 악바리로 이름을 날리는 놈이라는 것도 알

왔고, 이놈은 그저 미끼에 지나지 않다는 것도 짐작했다.

만만해 보이는 놈을 내세워 시비를 일으키고 수습은 다른 놈이 나와서 하는 것이다. 그게 전통적인 수법 아니던가. 저도 많이 써먹었던 수법이기도 하다.

"사과를 하던지, 그게 싫으면 처 맞던지."

"다른 방법은 없겠느냐?"

"방법?"

그 말이 나오기를 기다렸다는 듯 왕팔단의 쥐새끼 같은 눈이 반짝거린다.

"좋아, 까짓 개한테 한번 물린 셈치고 내가 참아주지. 열 냥만 내."

"열 냥이라고?"

"왜? 많다고 생각하는 거냐? 너하고 부딪치는 바람에 어깨뼈에 이상이 생긴 모양이다. 의원한테 가서 치료도 받고 요양도 해야 할 텐데 열 냥이면 많이 봐준 거지."

"일리가 있다."

"그렇지?"

왕팔단의 눈이 더욱 반짝인다. 호구 한 놈 제대로 물었다고 여기는 것이리라.

장팔봉이 느물거리며 말했다.

"게다가 이참에 보약도 한 첩 지어 먹어야겠으니 약값도 추가로 계산해 줘야겠다. 열다섯 냥이면 그럭저럭 계산이 서네. 있냐?"

"뭐라고?"

왕팔단의 눈이 동그래진다. 언뜻 장팔봉이 무슨 소리를 하는 건지 이해 불능 상태가 된 것이다.

"네가 그랬잖아. 열 냥이면 되겠다고. 생각해 보니까 그게 최소한의 대가가 맞아. 거기에 약값 다섯 냥을 얹은 거다."

손을 내민다.

왕팔단이 제 코를 가리켰다.

장팔봉이 머리를 끄덕인다. 그리고 말했다.

"그게 싫으면 사과를 해. 아니면 처 맞아보던지."

"파하―"

왕팔단은 비로소 장팔봉에게 제가 농락당하고 있다는 걸 깨달았다. 이 어이없는 상황이 이해된다.

"이게 아주 까막눈이구나. 내가 누군지 몰라? 대우진의 왕팔단이야. 어디서 개수작을 부리는 거냐, 앙? 염라대왕 앞에서 웃통 벗어젖히면 뭔 수라도 날 줄 아는 거야?"

"시끄러우니까 어서 열다섯 냥 주고 꺼져라."

그들의 말을 듣고 있던 사람들이 죄다 눈을 휘둥그레 떴다.

그들의 눈에는 생전 처음 보는 장팔봉이 이 거리에서 맞아 뒈지려고 작정한 것처럼 보였다.

왕팔단을 아는 자들은 아무도 그의 성질을 건드리지 않는다. 왕팔단이 무서워서가 아니라 그 뒤에 도사리고 있는 놈이 무서워서이다.

그 배경을 믿고 왕팔단이 기어이 발작을 일으켰다.

"뒈져, 새끼야!"

즉각 주먹을 날린 것이다.

퍽!

장팔봉의 볼에서 경쾌한 소리가 났다.

왕팔단의 주먹이 장팔봉의 볼에 달라붙어 있고, 고개가 반쯤 돌아간 장팔봉이 눈을 흘기듯이 왕팔단을 바라보고 있는 상황이다.

"이 새끼가 안 넘어지네?"

별일이라는 듯 혀를 찬 왕팔단이 다시 주먹을 날렸다.

퍽!

이번에는 복부다.

왕팔단의 왼 주먹이 장팔봉의 복부를 파고든 것처럼 달라붙었고, 장팔봉은 엉덩이를 주춤 뺀 채 빤히 왕팔단을 바라보고 있다.

"어렵쇼?"

왕팔단이 눈을 휘둥그레 떴다가 잔뜩 인상을 쓰는데 장팔봉의 활짝 편 손바닥이 철푸덕, 하고 그의 면상에 뒤덮였다.

밀어버린다.

"꿍."

왕팔단이 엉덩방아를 찧고 주저앉았다.

그때였다.

그런 상황을 기다리고 있었다는 듯 군중들 속에서 걸걸한 외침과 함께 한 놈이 쿵쿵거리며 달려나왔다.

"어떤 새끼가 대우진에서 주먹 자랑을 하는 거냐? 앙!"

장팔봉이 피식 웃었다. 그럴 줄 이미 알았다는 얼굴이고, 기다리고 있었다는 얼굴이다.

第四章
누구를 믿을 것이냐?

鳳鳴刀
봉명도

누구를 믿을 것이냐?

쿵쿵거리며 달려나온 놈은 제법 덩치가 듬직해 보이는 텁석
부리였다.

쌀쌀한 날임에도 불구하고 옷자락을 훌렁 젖혀서 털이 숭숭
나 있는 맨가슴을 드러내고 있다.

우람하다.

벌겋게 충혈된 눈이며 험악한 인상이 그냥 서 있기만 해도
저자의 장삼이사들에게는 충분히 위협을 줄 만한 놈이었다.

놈이 장팔봉 앞에 떡 버티고 섰는데 부라린 눈에 핏발이 서
있었다.

숨을 쉴 때마다 지독한 술 냄새며 마늘 냄새가 훅훅 끼쳐와
역겹기도 하다.

장팔봉도 누구 못지않게 듬직한 체구인데 그보다 오히려 한 뼘쯤 더 솟아 있으니 이런 촌구석에서는 보기 힘든 거구의 장한이었다.

대우진을 무대로 해서 난동깨나 부리며 살아가는 놈이 틀림없다.

똘마니들도 대여섯 명쯤 달고 있을 것이다.

지금쯤 주위에 흩어져서 퇴로를 차단하고 있겠지. 보지 않아도 빤한 일이다.

"뒈질래?"

그놈이 대뜸 내뱉은 걸걸한 음성이었다.

장팔봉이 어이없다는 얼굴로 빤히 바라보자 눈을 부릅뜬다.

"어디서 듣지도 보지도 못한 잡놈이 감히 내 동생을 쳐?"

"누가?"

"너 말이야, 이놈아."

"내가 쳤다고? 저 비리비한 놈을?"

"뭐, 뭐야? 비리비리?"

왕팔단이 악을 쓰고 대들더니 장팔봉을 삿대질하며 둘러섰던 사람들을 돌아보았다.

"다들 똑똑히 봤지? 이 새끼가 나를 쳐서 넘어뜨린 걸 말이야!"

아무도 나서서 아니라고 말해주는 사람이 없다. 당연한 일이다.

"그것 봐."

턱석부리가 떡메 같은 주먹을 들었다 놨다 하며 또 눈을 부라린다.

"사람을 쳤으니까 대가를 치러야지. 안 그래?"

"돈으로 말이지?"

턱석부리가 얼떨떨한 얼굴을 했다.

이건 너무 노골적이 아닌가. 그걸 냉큼 받아들이고 손 내밀면 낯 뜨거울 것 아닌가. 이런 생각이 들었을 것이다.

"얼마면 되겠냐?"

"스, 스무 냥……."

"그래? 뭐, 네가 그렇게 말하니 그걸로 봐주지. 자, 내놔."

"뭐?"

"나 바쁜 사람이다. 어서 스무 냥 내놓고 꺼져라."

멀뚱멀뚱 장팔봉과 그가 내민 손을 내려다보던 턱석부리가 냄새나는 입을 쩍, 벌리고 천둥소리 같은 고함을 내질렀다.

"우와악! 내가 오늘 백정 소리를 듣고 말 테다! 아무도 말리지 마!"

그러더니 그냥 솥뚜껑 같은 손을 활짝 펴서 장팔봉의 면상을 후려쳐 왔다.

얼마나 무지막지한 힘이 실려 있는지 부웅, 하는 바람 소리가 난다.

철푸덕!

그와 함께 떡메로 젖은 떡 반죽을 내려친 것 같은 소리가 났다.

"아이코!"

자지러지는 비명 소리가 뒤따른다.

술 취한 소 한 마리가 자빠진 것 같은 모습이었다.

그 거구가 가볍게 허공에 떠오르더니 공중제비를 한 바퀴 돌아서 저만큼 맨땅에 처박힌 것이다.

사람들이 일제히 놀라 외침을 터뜨렸다.

그들의 눈에는 장팔봉이 마치 요술이라도 부린 것처럼 보였으리라.

끙끙거리던 놈이 벌떡 일어났다.

잡아먹을 듯이 노려보더니 대가리를 들이밀고 쿵쿵거리며 달려든다. 너 죽고 나 죽자는 결의가 넘쳐나는 모습이었다.

하지만 그놈은 가슴팍을 움켜쥐고 옆으로 슬쩍 돌리는 장팔봉의 그 단순하고 가벼운 한 수에 다시 붕, 떠올랐다가 멀찍이 나가떨어지고 말았다.

이번에는 쿵! 하고 돌덩이 떨어지는 소리가 났다.

호박돌 같은 대갈통부터 땅에 처박혔기 때문인데, 그 충격이 대단했을 것이다.

일어서지 못하고 납작 엎드린 채 끙끙거리는 애처로운 신음만 흘린다.

조금 전까지만 해도 기세등등하던 왕팔단이 부지런히 쥐눈을 굴렸다. 달아날 틈을 엿보는 것이다.

그리고 장팔봉이 저에게로 돌아서자 뒤도 돌아보지 않고 냅다 달아나기 시작했다.

사람들 틈을 마구 비집고 들어가더니 곧 보이지 않게 된다.

입맛을 다신 장팔봉이 아직도 끙끙거리고 있는 놈에게 다가갔다.

"좋다. 까짓 스무 냥 안 받지 뭐. 그 대신 딱 한 대만 처 맞아라. 스무 냥만큼만 약값이 들어가도록 조절해서 때려줄게."

코를 처박고 엎어져 있는 놈의 등짝을 지그시 밟더니 주먹을 번쩍 쳐들었다. 그대로 뒤통수라도 후려쳐 버릴 작정인 것 같다.

그때였다.

"그만둬!"

날카롭게 외치는 소리가 들려왔다.

사람들이 즉시 물이 갈라지듯이 좌우로 쫙 갈라진다.

그 사이로 한 놈이 재빠르게 달려왔는데, 그리 크지 않은 덩치에 호리호리한 체구여서 날렵해 보이는 청년이었다.

장팔봉이 또래쯤 되어 보인다.

눈매가 죽 찢어지고 얄팍한 입술에 여기저기 상처 자국이 선명한 걸로 보아 소싯적에 싸움질깨나 하고 다닌 놈이라는 표가 금방 났다.

"내 아우들이 형씨에게 무슨 잘못을 했는지 모르지만 내가 이렇게 사과하겠소."

그자가 정중하게 포권하고 말했다.

아우라는 말에 장팔봉은 어리둥절해졌다. 어디로 봐서 지금 제가 밟고 있는 이 소 같은 놈이 어리단 말인가.

하지만 이런 뒷골목의 세계에서야 힘센 놈이 언제나 형님이 되는 터이니 그런가 보다, 하고 이해했다.

하지만 힘센 놈이라니? 그것도 언뜻 납득하기 힘들었다.

아무리 봐도 눈앞의 호리호리한 놈보다 자빠져 있는 이 황소 같은 놈이 몇 배는 힘을 쓸 것 같았기 때문이다.

'아하, 무공을 제법 익힌 놈이로군.'

그래서 즉시 그런 결론을 내렸다.

눈앞의 호리호리한 청년은 이 바닥에서는 드물게 무공이 상당한 모양이다.

게다가 심성이 모질고 악착같은 근성도 있으리라.

그게 없으면 아무리 무공이 센 놈이라고 해도 건달패의 두목 노릇은 할 수 없기 때문이다.

그런 놈이 저렇게 정중하게 사과하는데 모르는 척할 수는 없지 않은가.

장팔봉이 거구의 등짝을 밟고 있던 발을 떼고 옷을 툭툭 털었다.

"그럽시다. 남자답게 깨끗이 사과를 받아들이지. 스무 냥 건은 없었던 걸로 치고 각자 제 갈 길을 갑시다."

고개를 갸우뚱거리는 사내를 두고 터벅터벅 떠나간다.

사람들을 헤치고 사라지는 장팔봉의 뒷모습을 보면서 사내는 연신 고개를 갸웃거리고 있었다.

'이상하단 말이야. 어디선가 본 것 같은 얼굴인데, 어디서 봤더라?'

장팔봉도 고개를 갸웃거리며 느릿느릿 거리를 걷고 있었다.

조금 전의 그 사내가 낯이 익었던 것이다.

마주했을 때는 몰랐는데, 이렇게 떨어져서 다시 떠올려 보자 그 얼굴이 자꾸만 신경에 거슬린다.

'뭐, 어딜 가나 비슷한 놈이야 있는 거니까.'

그렇게 속 편히 생각하기로 했다.

누군지 몰라도 상관없는 일 아닌가.

다시 볼 일도 없을 것이고, 그러고 싶지도 않다.

강을 건너는 배는 내일 아침에나 떠난다고 한다.

마음이 아무리 급해도 소용없다.

어쩔 수 없이 대우진에서 하룻밤을 유숙하게 된 장팔봉은 느긋한 마음으로 우선 객잔에 들렀다.

대우진에서 가장 크다는 만인객잔(萬人客棧)인데, 사거리에 자리 잡고 있으면서 이층에서는 황하가 한눈에 내려다보이는 곳이었다.

좋은 위치에 깨끗하고 화려했으며 종업원들도 눈치가 빠르니 절로 장사가 되는 그런 곳이다.

다가와 제 간이라도 빼줄 듯이 살살거리는 점소이에게 한 단지의 술과 오리구이를 시킨 장팔봉은 풀린 눈으로 멍하니 바깥을 내다보았다.

오만가지 생각이 밀려든다.

풍우주가의 그 점소이 아가씨의 얼굴이 가장 먼저 떠올랐다.

'대체 정체가 뭘까?'

그런 생각이 드는 건 건덕진의 화승객잔에서 보았던 망사녀의 모습과 그녀의 얼굴이 자꾸만 겹쳐지기 때문이었다.

그때 정체를 알아볼 참이었는데 천검보의 무리들 때문에 그러지 못한 게 두고두고 아쉽다.

백무향에 대한 궁금증도 고개를 들었다.

그 절세적이라고 해야 할 마녀이면서 요녀인 할망구는 지금쯤 무얼 하고 있을까.

아직도 풍우주가에 남아서 우문한만 달달 볶아대고 있을까? 하고 생각하자 입가에 웃음이 맺혔다.

어찌 보면 귀여운 구석도 있는 할망구라는 생각이 들었던 것이다. 그리고는 그런 제 생각에 깜짝 놀랐다. 하지만 다시 생각해 보니 보고 싶어지기도 한다.

"에그, 이놈의 미운 정이 문제라니까. 인간이라는 족속은 오래 만나고 있을 게 절대로 못 돼. 어쨌든 정이 든단 말씀이야. 그러면 생각이 생겨나고, 생각이 생겨나면 괴로워지거든. 그냥 잠시 만나서 즐겁게 지내다가 후딱 헤어지는 게 제일 좋은 거야."

제가 무슨 말을 하는 건지도 모르고 되는대로 중얼거리고 나니 새삼 우문한에 대한 그리움도 생겼다.

무뚝뚝하기가 마른땅에 박아놓은 말뚝 같은 놈이 지금쯤 백무향에게 꽉 잡혀서 들들 볶이고 있을 거라고 생각하자 불쌍해진다.

장팔봉이 이런저런 생각에 빠져들어 멍하니 창밖만 바라보고 있는 동안 주문한 음식이 나왔고, 그는 무슨 맛인지도 모르고 천천히 먹고 마시기 시작했다.

여전히 머릿속에는 온갖 생각들이 그득해서 복잡하기 짝이 없었다.

그때 객잔으로 몇 사람이 들어왔다.

조금 전에 거리에서 헤어졌던 호리호리한 청년이 거구의 텁석부리와 왕팔단을 앞세우고 찾아온 것이다.

두리번거리더니 장팔봉을 발견하고 곧장 다가온다.

저놈이 또 무슨 트집을 잡으려고 그러나, 하는 심정이 되어서 빤히 바라보던 장팔봉의 안색이 조금씩 변해갔다.

그건 곁에 다가와 역시 빤히 바라보던 청년도 마찬가지였다.

"너!"

"너!"

두 사람의 입에서 동시에 같은 말이 터져 나왔다.

"너 장팔봉이지?"

"너 개아범이지?"

역시 동시에 고함지르듯 말했는데, 이번에는 서로 달랐다.

"맞구나!"

그리고 다시 동시에 같은 말을 소리쳤고, 장팔봉이 벌떡 일어났다.

"으하하하— 뒈지지 않고 살아 있었구나!"

역시 동시에 소리치며 와락 서로를 끌어안았다.

무슨 수단을 어떻게 부렸는지, 개아범이라고 불린 청년 당가휘(唐加輝)는 객잔에서 가장 넓고 좋은 방을 냉큼 빌려서 장팔봉에게 내주었다.

두 사람은 그 방 안에서 다시 한바탕 그들만의 술판을 벌였고, 얼추 취기가 돌기 시작한 중이었다.

장팔봉이 말끝마다 개아범을 찾자 기어이 당가휘가 벌컥 화를 냈다.

"이 썩을 장팔봉아! 그 개아범 소리 좀 그만 하라니까!"

눈을 부라리지만 장팔봉은 막무가내였다.

"이놈아, 네가 아무리 대굴빡이 영글었어도 개아범은 개아범인 거야. 한 번 개아범은 영원한 개아범이라는 거 몰라?"

"아, 듣기 싫어! 괜히 아는 척했나 보다. 그냥 못 본 척하고 말걸."

"히히, 그랬다가는 네놈 머리통이 남아나지 않을걸?"

장팔봉이 정말 쥐어박겠다는 듯 주먹을 들어 올리자, 개아범, 당가휘가 기겁을 하고 제 머리통을 감싸 안은 채 물러앉는다.

그는 어려서부터 삼절문의 제자였다.

장팔봉과 동문수학한 사이인 것이다.

나이 또한 같아서 서로 경쟁하듯 개구쟁이 짓도 많이 했고, 그래서 나란히 꿇어앉아 벌을 받기도 수없이 했다.

사부가 장팔봉과 당가휘를 두고 두 골칫덩이라며 머리를 설레설레 흔들지 않았던가.

그러던 당가휘가 삼절문을 떠난 건 열네 살 무렵이었다. 집이 멀리 이사를 가야 했기 때문인데, 그날 둘이서 부둥켜안고 엉엉 울던 기억이 새롭다.

그렇게 헤어진 게 벌써 십여 년 전인데다가, 그때만 해도 둘 다 여드름이 숭숭 나기 시작한 소년들이었던 터라 지금의 모습과는 또 많이 달랐다. 그래서 서로 마주쳤을 때 금방 알아보지 못했던 것이다.

장팔봉이 그를 개아범이라고 놀린 건 역사가 오래된 일이었다.

당가휘의 아버지가 개를 팔고 사는 개장수였다는 데에서 유래한다.

어느 날 그의 아버지가 먼 마을에서 누런 황구 한 마리를 사왔는데, 새끼를 밴 암놈이었다.

그놈이 새끼를 낳자마자 당가휘의 아버지는 재빨리 이웃 마을에 팔아버렸고, 아직 젖도 떼지 못한 다섯 마리의 새끼들조차 원하는 사람들에게 한 마리씩 팔아넘겼다.

당가휘는 그중 흰 털을 가지고 태어난 새끼 한 마리를 사랑했다.

사흘 밤낮을 제 아비의 바짓가랑이를 붙잡고 조른 끝에 그놈을 키우게 되었는데, 그 끔찍하게 아끼고 사랑하는 것이 마치 제 새끼라도 되는 것 같았다.

무공과 천자문을 배우러 삼절문에 올 때에도 데리고 왔고, 천렵이나 수박 서리를 갈 때도 꼭 데리고 갔다.

사부님께 그렇게 혼이 나면서도 절대로 그 흰둥이를 떼어놓지 않았던 것이다.

그래서 장팔봉은 그런 당가휘를 개아범이라고 부르며 놀려댔다.

"그 흰둥이는 어떻게 되었냐? 벌써 죽었겠지?"

"죽기는 이놈아, 잘 살아 있다."

"아직도?"

"십 년은 더 살 거다."

개 나이로 열 서너 살이면 사람으로 치면 칠십 먹은 상늙은이나 다름없다.

그 나이가 되도록 살아 있다는 게 놀랍거니와, 당가휘가 여전히 그놈을 데리고 있다는 건 더욱 놀라웠다.

"한번 보고 싶다. 나를 알아보려나?"

"왜 모르겠어? 그렇게 구박했는데. 나라도 평생 그 원한을 잊지 못할 거다."

장팔봉의 말에 당가휘가 즉시 눈을 흘겼다.

그의 말처럼 그때 장팔봉은 흰둥이를 무척 괴롭혔다. 당가휘가 펄펄 뛰며 화를 내는 걸 보려고 더 그랬던 것이다.

그것 때문에 싸우기도 많이 싸웠는데, 그래서 정이 들었던 건지, 다른 십여 명의 동문들 중에서도 유독 둘이 붙어 다녔던 일들이 새록새록 떠올랐다.

만나면 싸우고 놀리고 울고 그러면서도 죽자 사자 붙어 다녔던 것이다.

온 동네를 휘젓고 다니며 갖은 말썽은 다 부렸다.

조금 더 커서 열 서너 살 무렵에는 이웃 마을까지 발을 뻗쳐 또래들을 닦달하며 골목대장 노릇을 했으니 어지간히 못된 소년기를 보냈던 것이다.

그리고 십여 년 만에 이렇게 다시 만났다.

며칠 밤을 샌들 그동안의 이야기를 다 할 수가 없다.

"무림맹에 들어가서 삼절문의 이름을 드높였다는 얘기는 잘 들었다."

"이런 촌구석에까지 그 소문이 퍼졌어?"

"여기가 어디 촌이냐? 여기처럼 많은 사람들이 왕래하는 곳이 또 있겠어?"

"하긴 그렇다. 그런데 어디까지 들었냐?"

"네가 우리 삼절문의 무공으로 무림맹의 그 많은 고수들을 죄다 떼어놓고 승승장구해서 풍향사의 군주 자리까지 올랐다는 걸 다 들어서 알지."

"그랬어?"

장팔봉의 얼굴이 심드렁해졌다. 가슴에 찔리는 게 있기 때문이다.

"그 소문을 들었을 때 사부님께서 매우 기뻐하셨겠구나?"

"그때는 내가 아직 이곳에 돌아오기 전이라 잘 모르지만 그러셨겠지."

"응? 너도 그럼 최근에 이곳으로 왔다는 거냐?"

"한 두어 달 되었다. 객지에서 떠돌다 보니까 고향보다 그리운 건 또 없더라."

"그랬구나."

"너도 사부님께 돌아가기 위해서 여기 왔겠지?"

"물론이지. 그런데 사부님은 만나 뵈었냐?"

그 말에 당가휘가 멋쩍은 웃음을 흘렸다.

한참을 우물쭈물하던 그가 낯을 붉히며 말했다.

"사실 아직 사부님을 뵈러 가지 못했다."

"뭐라고? 이런 은혜를 모르는 놈 같으니!"

장팔봉이 버럭 소리쳤다.

"두어 달 전에 왔다면서 그래 아직 사부님께 인사도 드리지 않았단 말이냐? 강만 건너면 되는데 그걸 안 갔어?"

"사정이 있다. 그래서 옛 마을에도 돌아가지 못하고 여기 이렇게 주저앉아 있잖아."

"오라, 이 빌어먹을 대우진에서 똘마니들을 거느리고 위세 좀 떨다 보니까 이제는 눈에 뵈는 게 없어졌단 말이로군?"

"억지소리 좀 하지 마라. 다 말 못할 사정이 있어서 그래. 내 마음도 편치가 않다."

"어디, 그 말 못할 사정이라는 것 좀 들어보자."

"말 못할 사정이라잖아. 그걸 말하라고?"

"이제는 나에게도 감추어야 할 비밀이 생겼다는 거로군? 역시 너 개아범은 옛날의 그 개아범이 아닌 게야. 그동안 마음이 변했어."

"그런 건 아니고, 어쨌든 이제는 제발 그 개아범이라는 소리 좀 하지 마라."

"개아범더러 개아범이라고 하는데 개아범이 화를 내다니 희한한 일도 다 있군. 아직도 흰둥이를 데리고 있다면서?"

"끄응—"

당가휘가 된 숨을 내쉬었다. 그를 째려보는 장팔봉의 눈매가 곱지 않다.

"어디, 오랜만에 네 대갈통이 얼마나 여물었는지 한번 확인해 보자."

장팔봉이 불쑥 주먹을 뻗어 당가휘의 머리통을 후려쳤다.

옛날에도 늘 그랬다. 아무 이유 없이 그냥, 제 마음대로 불쑥 머리통을 쥐어박곤 하지 않았던가.

그때마다 당가휘는 피할 새도 없이 한 대 얻어맞고는 욕을 해대며 달아나곤 했었다.

획—

장팔봉의 주먹이 그때의 장난기를 품고 날아드는데, 당가휘는 그때의 그 당가휘가 아니었다.

슬쩍 머리를 기울여서 가볍게 피하는 것 아닌가.

"훙!"

그럴 줄 알았다는 듯, 장팔봉이 주먹을 좍 펴더니 이리저리 흔들며 이번에는 당가휘의 머리카락을 움켜쥐려고 했다.

"이러지 마라."

당가휘가 당황한 소리를 뱉어내며 손을 들어 올렸는데, 일견 제 머리통을 가리려는 것 같았지만 그 손가락의 놀림은 교묘했다.

본능적으로 장팔봉의 장심을 찌르면서 손목의 몇 군데 혈도를 노리는 것 아닌가.

'이놈이?'

장팔봉은 깜짝 놀랐다. 당가휘의 응수가 의외였던 것이다.

수법이 고명하다는 걸 한눈에 알아볼 수 있다.

장팔봉도 수법을 바꾸었다. 단순히 당가휘의 무공이 어느 정도인지 슬며시 시험해 보려던 마음이 호승심으로 바뀐 것이다.

장팔봉이 마정십지 중 탄지척발(彈指拓拔)의 절묘한 초식을 발휘하여 여전히 당가휘의 머리카락을 움켜쥐려고 했다.

그것은 지옥의 다섯 노괴물 사부들 중 한 명인 무정철수 곽대련의 절기였다.

은연중에 뻗어나오는 기운과 절묘한 변화가 가볍게 당가휘의 지법을 파훼한다.

"엇!"

깜짝 놀란 당가휘가 재빨리 수법을 바꾸었는데, 손가락을 교묘하게 튕기고 흔드는 것이 예사롭지 않았다.

손가락 끝에 실려 있는 경기가 쇠막대기처럼 굳세다.

탁, 하고 장팔봉의 손가락과 당가휘의 손가락이 부딪쳤다. 그 순간 당가휘가 얼른 제 기운을 산개했고, 장팔봉 또한 더 이상의 변화를 멈춘 채 슬며시 손을 거두어들였다.

마음속으로 놀라는 중에 의아한 생각이 들기도 했다.

부딪쳐 보니 당가휘의 수법과 저의 마정십지가 어딘지 통하는 데가 있는 것처럼 느껴졌던 것이다.

그게 무엇인지 알 수 없지만 확실히 낯설지가 않다.

왜 그런 느낌이 드는 건지 스스로도 어리둥절해진다.

당가휘도 그와 같은 느낌을 받았던지 어리둥절해서 장팔봉을 빤히 바라보았다.

장팔봉이 손을 내저었다.

"쳇, 그만두자. 어디서 고절한 금나수를 몇 수 배웠나 보군. 다시 만나면 그 수법으로 내 손목을 꺾어서 옛날에 당했던 앙갚음을 할 작정이었던 모양이지?"

입을 삐죽이며 비아냥거리자 당가휘의 얼굴이 붉어졌다.

"그, 그건 아니고… 그냥 강호를 떠돌다 보니까 몇 가지 잔재주를 얻어 배우게 된 거다. 너도 그렇잖아?"

"어, 뭐, 그런 셈이지. 하하하—"

"그렇지? 하하하—"

장팔봉도 당가휘도 제 속을 감춘 채 어색하게 웃었다.

웃으면서도 장팔봉의 눈은 매섭게 당가휘를 훔쳐보고 있었다.

'이놈도 무언가 꿍꿍이속을 감추고 있군.'

그런 생각이 드는 건 당가휘가 본능적으로 펼쳐 보인 그 한 수의 금나수법 때문이었다.

이놈이 어디에서 무얼 했는지 모르지만 보지 못한 지난 십여 년 사이에 많이 달라져 있다는 것도 느낌으로 꽉꽉 와 닿는다.

하나를 보면 열을 짐작할 수 있는 것 아닌가.

당가휘는 고수가 되어 있었던 것이다.

그러니 어린 시절 저를 키워준 사문을 우습게 여기는 걸까? 하는 엉뚱한 생각이 들었다. 그러자 눈앞의 당가휘를 정말로 패주고 싶은 마음이 된다.

수상한 건 또 있었다.

그가 대우진으로 돌아온 시기다.

두어 달 전이라면 제가 패천마련의 지하 뇌옥에서 탈출해 나왔던 무렵 아닌가.

그리고 보니 소문을 들어서 다 안다는 놈이 제가 풍향사의 군주 노릇 할 때까지만 얘기를 꺼냈을 뿐, 그 뒤의 일에 대해서는 함구하고 있는 것도 수상쩍었다.

"가서 자라."

장팔봉이 그런 궁금증과 의심을 가까스로 억누르고 축객령을 내렸다.

당가휘가 무언가 더 할 말이 있는 듯 머뭇거리며 장팔봉의 눈치를 보았다. 그러더니 땅이 꺼질 듯이 한숨을 쉰다.

"그래, 피곤할 텐데 푹 자라. 내일 아침에 따로 배편을 마련해 주마."

아쉬운 얼굴로 몇 번이나 돌아보는 건 혹시라도 마음이 변해서 불러주지 않을까, 하는 기대를 가져서일 것이다.

하지만 장팔봉은 끝내 부르지 않았다. 침상에 냉큼 오르더니 쌀쌀맞게 등지고 돌아눕는다.

"에휴—"

다시 한 번 당가휘가 내쉬는 긴 한숨 소리와 함께 문이 닫혔다.

그 소리를 들으면서 장팔봉은 마음이 아팠다. 문 닫히는 소리가 제 가슴에 못을 박는 소리로 들린다.

'아무도 믿을 수 없어. 아무도……'

그토록 단짝이었던 불알친구를 만났는데도 마음을 활짝 열어놓을 수 없다는 게, 툭툭 제 속에 있는 말들을 털어버릴 수 없다는 게 가슴 아프다가 화가 났다.

이 모든 게 다 그 빌어먹을 봉명도 때문이라고 생각하자 지긋지긋해진다.

날이 밝았다.

장팔봉이 나오자 문밖에서 기다리고 있던 왕팔단이 간사한 웃음을 지으며 얼른 허리를 숙여 인사했다.

"헤헤, 장 형님, 밤새 편이 주무셨습니까?"

"응? 네가 웬일이냐? 또 나를 때리려고?"

"어디요, 어디요. 소생 같은 축생이 어딜 감히 장 형님의 털 끝이라도 건드릴 수 있겠습니까? 헤헤, 당 대형께서 아침 식사를 준비해 놓으라고 하셨습지요. 그래서 모든 준비를 마치고 이렇게 일어나시기만 기다리고 있었던 겁니다."

"그래? 그렇다면 앞장서라."

장팔봉이 한껏 거드름을 떨며 일층 주청으로 내려가자 점소이들이 모두 제 조상이라도 맞이하는 것처럼 지극히 공손한 태도로 굽실굽실 절을 해댔다.

주방장마저 앞치마에 손을 닦으며 뛰어나와 연신 굽실거린다.

그건 문 앞, 회계대에 앉아 있던 뚱보 장궤도 마찬가지여서 장팔봉은 어리둥절해졌다.

'이놈들이 간밤에 모두 뭘 잘못 처먹었나?'

예상치 못했던 일에 당황스럽기까지 하다.

그러고 보니 이 시간이면 아침 식사를 하기 위해 몰려든 사람들로 북적거려야 할 주청이 텅 비어 있었다.

산해진미가 가득한 중앙 탁자에 십여 명의 사내들만 눈을 멀뚱거리며 앉아 있을 뿐이다.

그중에는 어젯밤 시비가 붙었던 텁석부리 거한도 있었다.

그러고 보니 앉아 있는 놈들의 면면이 하나같이 수상쩍었다.

물어보나마나 대우진을 장악하고 있는 건달패들이 죄다 모인 것이다.

그놈들이 객잔의 문을 닫고 손님을 받지 못하게 압력을 행사한 게 틀림없다.

이건 민간에 심각한 폐를 끼치는 짓 아닌가.

그래서 장팔봉은 비위가 상했다.

이런 쓰레기 같은 놈들! 하고 막 호통 치려는데 안쪽에서 한 사람이 걸어나왔다.

대우진의 두목인 개아범 당가휘다.

"하하, 어지간히 피곤했던 모양이야. 이제야 일어난 걸 보니 말이다."

그가 활짝 웃으며 다가오지만 장팔봉은 찌푸린 인상을 펴지 않았다.

"이게 뭐 하는 짓이냐? 이따위로 남의 영업장에 피해를 주는 게 네가 하는 일이라면 정말 실망이다."

"천만에, 천만에. 다 너를 위해서 준비한 거다. 내 성의일 뿐이야."

당가휘가 두 손을 마구 내젓는다.

"그래서 아예 손님을 받지 못하게 했다는 거냐? 그게 남의 영업을 방해하는 짓이 아니란 거냐?"

"천만에, 천만에. 그건 이들 모두가 원한 일이다. 내 말을 믿지 못하겠으면 네가 직접 물어봐라."

장팔봉의 눈길이 즉시 회계대의 뚱보 주인에게 향했다.

그가 묻기도 전에 뚱보 장궤가 마구 머리를 끄덕인다.

볼 살이 흘러내릴 것처럼 늘어진 허여멀건 얼굴 가득 웃음을 짓고 있다.

장팔봉의 눈길이 다시 저쪽에 옹기종기 모여 서 있는 점소이들에게로 향했다.

그러자 그들 또한 활짝 웃으며 마구 머리를 끄덕이는 것 아닌가.

주방장이라고 다르지 않다.

'진심인가?'

그런 생각이 들지 않을 수 없었다.

당가휘에게 협박을 당해서 어쩔 수 없이 머리를 끄덕일 수도 있을 것이다. 하지만 그렇다면 저 환한 웃음은 무엇이란 말인가.

그건 진심에서 우러나오는 웃음이었다. 그러니 더욱 얼떨떨해질 수밖에 없다.

"자, 자, 그만 마음 놓고 이리 와서 앉아라. 의심은 또 다른 의심을 낳고, 또 다른 의심은 확신으로 바뀌는 법이다. 그러면 없는 일도 그렇다고 믿게 되잖아."

당가휘가 의젓하게 말하며 장팔봉을 끌어당긴다.

그래서 장팔봉은 그들과 함께 영문을 알 수 없는 아침 식사를 하고 차를 마셨다.

종업원들이 하나같이 제 조상을 모시듯 극진하게 대하니 우쭐해지기는커녕 오히려 가시방석에 앉은 것처럼 불편했다.

이유를 알 수 없는 환대는 사람을 그렇게 만든다.

이곳에서 당가휘의 영향력이 이만큼 크다고 해도 마찬가지였다.

저는 당가휘가 아닌데 이런 대접을 받을 까닭이 없었기 때문이다.

그런 일은 식사를 마치고 나루로 나왔을 때도 마찬가지였다.

많은 사람들이 줄지어 기다리고 있는 곳과는 뚝 떨어진 곳에 크고 넉넉하며 호화로운 배 한 척이 매여 있었는데, 오직 장팔봉 한 사람을 건너주기 위한 것이었다.

저쪽에서 줄지어 있는 사람들의 눈총을 받으며 배에 오르는 걸음이 편할 리가 없다.

무려 다섯 명이나 되는 건장한 뱃사람이 움직이는 커다란 배였다.

그걸 달랑 혼자서 타고 가려니 왠지 죄를 짓는 것 같아서 얼굴을 들 수 없었다.

배 위에까지 동행해 주었던 당가휘는 나중에 찾아가겠다는 말을 남기고 아쉬운 작별을 했던 것이다.

"아직은 때가 아니다. 그래서 나는 강을 건너지 못해. 사부님을 만나거든 제발 용서해 주시라고 네가 대신 좀 빌어다오."

당가휘가 울 듯한 얼굴로 그렇게 말했지만 장팔봉은 믿지 않았다. 건성으로 그러마고 대답했을 뿐이다.

그러자 당가휘가 장팔봉의 손을 잡고 더욱 간절하게 말했다.

"말 못할 사정이 있어서 그러니 지금은 서운하더라도 참아다오. 언젠가는 너에게 다 말해주마. 약속하지."

"그러든지. 뭐, 네 일이니까 내가 굳이 알아야 할 것까지는 없겠지만 말이다."

"내가 사문을 잊고 사부님의 은혜를 외면하는 게 절대 아니라는 것만 믿어주었으면 좋겠다."

한숨을 쉰 당가휘가 배에서 내렸고, 닻을 올린 배는 호호

탕탕한 황하의 누런 물살을 가르고 힘차게 나아가기 시작했다.

배를 다루는 다섯 명의 장한은 그 솜씨가 능숙하기 짝이 없었다.

거대한 호수처럼 넓고 거친 황하의 물살을 가르며 미끄러지듯 배를 몰아간다.

물을 두려워하는 장팔봉은 내내 배 밑바닥에 엎드려 꼼짝하지 못했다. 철썩거리며 뱃전에 부딪치는 물결 소리만 들어도 진땀이 났던 것이다.

그렇게 배가 강을 건너기까지는 불과 반 시진도 채 걸리지 않았는데, 장팔봉에게는 그 시간이 십 년은 되는 것처럼 길고 지루하기만 했다.

배가 드디어 건너편 언덕에 닿자 장팔봉은 달아나듯이 뛰어내렸다. 뒤도 돌아보지 않고 언덕 위로 마구 달려 올라간다.

그의 뒤에서 뱃사람들이 껄껄 웃고 소리쳤다.

"장 공자, 다음에 또 우리 배를 이용하십시오. 그때는 아주 이 빌어먹을 황하가 끝나는 곳까지 모시지요!"

"하하, 바다인들 어떻겠습니까? 장 공자를 모실 수만 있다면 영광이랍니다!"

장팔봉은 귀를 막고 언덕 위로 달려 올라가기만 할 뿐이었다.

第五章
사부님, 나의 사부님

鳳鳴刀
봉명도

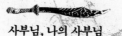

사부님, 나의 사부님

　그날 해가 머리 위에 올랐을 때쯤 장팔봉은 드디어 양성(陽城)을 지나 사문이 있는 설화산(雪花山)을 저만큼 바라보게 되었다.

　산서의 끝자락에 있는 그 산은 부근에서 가장 높은 산이다. 정상에 오르면 저 멀리 황하가 보이고, 화북평원이 아득하게 내려다보인다.

　양성을 벗어나면 설화산까지는 불과 오십여 리 길인데, 그 중간쯤에 당나라 때의 고찰인 만고사(萬固寺)가 있다.

　유난히 불심이 돈독했던 사부를 따라 어릴 때부터 제집처럼 드나들었던 곳인지라 그곳에 이르는 길마저 반갑기 짝이 없었다.

장팔봉의 발길은 저도 모르게 그 만고사로 향했다.

오래된 소나무들로 뒤덮여 있는 산문에 이르는 오 리 가까운 길은 언제나 깨끗하게 청소되어 있어서 그윽하고 정갈한 느낌을 준다.

천천히 만고사의 산문으로 이어진 길을 따라 걸으면서 장팔봉은 비로소 고향에 돌아왔다는 안도감에 마음이 평화로워졌다.

산문에 들어서며 사천왕상에 두루 절하고 대웅전 앞의 마당으로 내려서니 향냄새가 은은하게 감돌았다.

중앙에 커다란 청동 향로가 있는데, 사시사철 향불이 꺼지는 일이 없다.

삼십여 개의 돌계단 위에 고풍한 빛을 두른 대웅보전이 웅장하게 서 있었다.

검은 돌이 깔려 있는 마당 좌우에는 종루며 고루가 그 대웅전을 수호하는 천신들인 것처럼 버티고 서 있다.

인적이 없어 적막하니 더욱 엄숙한 분위기가 우러났다.

오늘따라 향화객 한 사람 보이지 않았고, 독경 소리도 들리지 않았으며, 손님을 맞는 지객승 또한 찾아볼 수 없었다.

그 큰 절이 마치 텅 빈 것처럼 고요하기만 하다.

그래서 대웅전 앞 돌계단을 올라가는 장팔봉의 발소리가 더욱 크게 울렸다.

문이 활짝 열려 있는 대웅전 안도 텅 비어 있기는 마찬가지였다.

절을 지키는 스님 하나 남겨두지 않고 죄다 어디론가 가버린 것만 같다.

장팔봉은 성큼 대웅보전 안으로 들어섰다.

보좌에 홀로 우두커니 앉아 내려다보고 있는 본존불의 장엄한 모습에 위축되어 절로 고개가 숙여진다.

보료 위에 무릎을 꿇고 엎드려 간절히 발원하며 절하기를 수없이 했다.

제 몸의 안위와 사부님의 안위를 빌고, 봉명도를 찾아 이 빌어먹을 인연의 사슬에서 홀가분하게 벗어나게 해달라는 발원을 드리는데, 그의 등 뒤에 기척도 없이 노승 한 사람이 다가와 섰다.

"아미타불."

장중한 불호에 장팔봉이 깜짝 놀라 돌아보았다.

"스님! 아니, 언제 왔어요? 오면 온다고 기척이라도 해야지. 없는 애 떨어질 뻔하지 않았습니까!"

벌떡 일어선 장팔봉이 제 가슴을 쓸어내리며 투덜거리지만 그를 바라보는 노주지는 자애롭게 미소 짓기만 했다.

선방에 마주 앉았다.

노스님이 따라주는 차 향기가 방 안에 은은히 감돈다.

"그런데 절간이 왜 이렇게 적막강산이 된 겁니까?"

장팔봉의 말에 노스님이 다시 빙그레 웃었다.

"원래 절간이라는 곳이 그런 곳 아닌가."

"그래도 이건 좀 심하다 싶군요."

"자네가 오니 온갖 잡귀들이 싹 사라진 게지."

"그게 무슨 말입니까? 내가 무슨 극락정토에서 내려온 천신이라도 된다는 겁니까?"

"홀홀, 누가 알겠는가?"

"스님도 참, 몇 년 보지 못한 사이에 많이 늙으신 모양입니다. 정신까지 오락가락하시니, 쯧쯧……."

"네가 장팔봉이고, 저 위 삼절문 왕 노시주의 제자가 맞지 않으냐?"

"그렇습지요."

"홀홀, 멀리 떠났다고 하더니 오랜만에 돌아온 게로구나."

이래도 내 정신이 오락가락한단 말이냐? 하는 얼굴로 노스님이 빤히 바라본다.

장팔봉이 눈살을 찌푸렸다.

눈앞의 노스님이야 어릴 때부터 익히 보아왔던 사람이라 하나도 이상할 게 없다.

지난 몇 년 동안 달라진 것도 없어 보인다.

하지만 그의 느낌은 지금 제 앞에 앉아 저렇게 미소 짓고 있는 노스님이 옛날의 그 노스님과 많이 다르다고 속삭여 주고 있었다.

그게 무엇 때문인지는 모른다.

그러나 아무리 다시 보고 또 보아도 확실히 달랐다. 분위기가 제가 익히 알고 있던 그 노스님의 그것과 사뭇 달랐던 것이다.

그게 무언지 말하라고 하면 말할 수가 없다. 그러니 답답하고 궁금했다.

"다른 스님들은 죄다 어디 갔습니까?"

"다른 것들이라고 해봐야 어디 몇 명 되더냐?"

"제가 찾아오곤 했을 때에는 주지 스님 말고도 네 분이 더 있었지 않았습니까?"

"그랬지."

"다들 다른 절로 간 겁니까?"

"그중 둘은 성불했고, 둘이 남았는데 내가 심부름을 좀 보냈구나."

"그렇군요."

주지 스님이 심부름을 보냈다니 가지 않을 수 없었을 것이다.

지난 몇 년 사이에 두 명이나 죽었다는 게 의아하기는 했지만 굳이 캐물을 마음도 없었다.

"신도들이 늘 끊이지 않았는데 오늘은 아무도 찾아오지 않은 모양이군요?"

"원래 세상이 수상하고 시절이 혼란해야 부처님께 찾아오는 중생들이 많아지는 거지. 그런데 지금은 몇 년째 태평성대가 계속되고 있으니……."

나 같은 사람에게는 별로 좋은 일이 되지 못한다는 듯 노스님이 쓴 입맛을 다신다.

장팔봉이 머리를 끄덕였다. 그 말도 일견 일리가 있기 때문이다.

어쨌거나 오랜만에 만고사에 찾아와 불공을 드렸고, 주지 스님도 만나보았으니 이만 돌아가야겠다는 생각으로 엉덩이를 들썩거리는데, 그런 눈치를 챈 노스님이 넌지시 말을 건넸다.

"어디로 갈 생각이냐?"

"예? 어디라니요? 사문으로 돌아가려는 거지요."

"흘흘, 네 사부를 만나러 말이지?"

"……."

"지옥에서 제자가 살아 돌아왔으니 네 사부가 무척 기뻐하겠구나."

"예?"

"마귀들의 유혹을 뿌리치고 돌아왔으니 장한 일을 한 게야."

'이놈의 늙은 중이?'

장팔봉의 머릿속에 의심이 더럭 들었다. 하지만 짓무른 눈을 끔뻑이는 늙은 중을 보고는 그런 제가 우스워졌다.

'내가 너무 예민해진 거야. 제기랄, 이게 다 그놈의 봉명도 때문이다.'

주지 스님의 말 속에 뼈가 들어 있는 것 같다는 느낌을 받았던 걸 멋쩍어한다.

스님들이야 늘 세상이 지옥이라고 하지 않던가.

그 세상에 나갔다가 무사히 돌아온 것이니 노스님의 말이

딱히 틀린 것도 아니다.

세상에는 온갖 유혹들이 있어서 불자의 불심을 흔들어대지 않던가. 그것을 뿌리치고 다시 사문으로 돌아왔다는 건 대단한 일이기도 하다.

주지 스님은 그것을 칭찬한 것이리라.

그렇게 생각한 장팔봉이 꾸벅 인사하고 떠나는데 그의 등에 주지 스님의 말이 척척 달라붙었다.

"세상이 수상해지기 전에 미리 몸과 마음을 깨끗이 하고 열심히 부처님께 자비를 구해야 하느니라. 그것만이 환난 속에서 너를 지켜줄 것이다. 내 말을 명심해라. 아미타불—"

건성으로 대답하면서 장팔봉은 괜히 왔다고 후회했다.

아무래도 저 노스님이 노망이 든 게 틀림없다고 투덜거리며 산문을 다시 나오도록 그가 마주친 건 다람쥐 한 마리가 다였다.

도대체 알 수 없는 일이었다.

늘 신도들로 북적거리던 절 아니던가. 그런데 지금은 초상 치르고 난 상가처럼 변해 버렸으니 제가 정말 만고사에 온 건 맞나, 싶은 의심마저 든다.

알 수 없는 일이라며 머리를 갸웃거리고 걷는 동안에 낯익은 풍경이 펼쳐지기 시작했다.

드디어 삼절문이 있는 고가촌에 다 온 것이다.

산 골짜기를 따라 이십여 호가 옹기종기 모여 있는 작은 촌 마을이다.

궁핍한 생활의 냄새가 언제나 떠돌지만 그건 아늑함이나 평화로움과는 상관없는 것이었다.

비록 도시의 삶처럼 윤택하지 못하고 화려하지 않아도 이 작고 외진 마을에는 도시에서는 찾아볼 수 없는 친밀감과 따뜻함이 있는 것이다.

그런 감회에 젖어서 마을을 향해 다가가는 동안 장팔봉의 어깨를 눌러대고 있던 짐들이 조금씩 가벼워졌다.

고향의 푸근함이 그에게 근심을 절로 잊게 하였던 것이다.

마을은 그가 떠나던 때나 지금이나 다를 게 없었다.

평화롭고 한가하다.

양지바른 곳에 모여서 뭐라고 시끄럽게 떠들어대던 몇몇 꼬마 녀석들이 어리둥절해서 장팔봉을 바라보았다.

그의 변한 모습을 금방 알아보지 못했던 것이다.

장팔봉이 짐짓 눈을 부라렸다.

"이놈들! 어른을 봤으면 냉큼 인사를 해야지 눈만 말똥거리다니? 대체 어디서 배운 버르장머리냐?"

그의 호통 소리에 비로소 아이 놈들이 와, 하고 함성을 지른다.

"팔봉이 형이다!"

"살아 왔다!"

큰 놈은 열 두어 살 되어 보이고, 작은 놈은 예닐곱 살 무렵이다. 그런 놈들이 떼로 달려들어 금방 장팔봉을 에워싸고 소리를 질러댔다.

장팔봉의 얼굴에 비로소 환한 웃음이 번졌다.

조금의 사심도, 음흉함도 깃들지 않은 순수한 기쁨이다.

아이들을 두 팔 가득 끌어안으면서 장팔봉은 이게 바로 고향의 냄새이고, 고향의 정취라는 걸 눈물겹도록 느꼈다.

이곳에서만큼은 세상의 그 복잡하고 골치 아픈 일들을 다 잊어버리고 어릴 적의 순수한 마음으로 돌아가 살 수 있다.

서로 말을 하려고 악을 써대는 아이들을 휘몰고 지나가자 무슨 일인가 하여 고개를 내밀었던 사람들이 모두 반갑게 맞아주었다.

그들과 함박웃음으로 일일이 인사를 건네면서 장팔봉의 가슴은 그 어느 때보다 커다란 행복감으로 가득 찼다.

삼절문은 마을을 벗어나 반 마장쯤 더 골짜기를 따라 산속으로 들어간 곳에 있다.

좌우가 울창한 삼나무 숲으로 둘러싸였고, 뒤에는 깎아지른 듯한 벼랑이 솟아 있다.

사시사철 맑은 물이 흐르는 개울은 남쪽으로 흐른다. 그곳에 놓여 있는 오래된 나무다리를 보자 장팔봉의 가슴이 첫사랑을 다시 만난 것처럼 쿵쾅거리며 뛰었다.

왈칵 눈물이 솟아나려고 한다.

길을 막아선 것 같은 한 그루의 늙은 회나무 가지 사이로 눈에 익은 사문의 기왓골이 보였기 때문이다.

이 다리를 건너 몇 아름이나 되는 저 회나무를 돌면 사문의 정문이 마주 보인다.

나무다리 앞에서 망설이는 것처럼 서 있던 장팔봉이 드디어 발을 떼어놓았다.

성큼성큼 다리를 건넌다.

완만하게 휜 그것의 아래에는 바닥이 훤히 들여다보일 만큼 투명하고 차가운 개울물이 콸콸거리며 흘러가고, 낡은 다리는 밟을 때마다 제각각의 소리로 삐걱거렸다.

그것이 마치 저를 반기는 음악 소리처럼 들린다.

다리를 건너자 발걸음이 저절로 급해진다. 뛰듯이 회나무를 끼고 돌자 저만큼 앞에 낡아서 빛바랜 삼절문의 대문이 보였다.

십여 개의 돌계단이 하얗게 반짝이고, 대문 앞의 황토 길이 깨끗하게 빗질되어 있다.

'사부님……'

장팔봉의 눈에 왈칵 눈물이 맺혔다.

저 길을 아침저녁으로 쓸던 자신의 모습이 보이는 것 같았던 것이다.

제가 떠난 뒤로는 사부가 늙은 몸을 이끌고 매일 저렇게 깨끗하게 쓸었을 것이다.

얼른 눈물을 훔친 장팔봉이 입을 씰룩이며 투덜거렸다.

"하여튼 깔끔 떠는 그 버릇은 평생 못 고치신다니까. 좀 지저분하게 살면 어때? 사람 사는 곳이 대충 어수선하고 지저분해야 편한 거 아니겠어? 그게 사람 사는 정이라는 것이기도 하고 말이야. 그런데 그 꼴을 못 봐요. 쯧쯧―"

아침저녁으로 잔소리를 들어가며 마당을 쓸고 길을 쓸어대던 때가 생각난 것이다.

적당히는 통하지 않았다. 요령을 부렸다가는 당장 사부의 불호령이 떨어지곤 했다.

아주 넌덜머리를 냈었는데, 지금 이렇게 티 하나 없이 깨끗하게 쓸려 있는 길을 걷자니 그 모든 게 다 눈물겨운 그리움으로 바뀐다.

사부님은 오늘이라도 내가 돌아오지 않을까, 하는 기다림으로 이렇게 매일 길을 깨끗이 쓸어놓았을 것이다.

길을 쓸다가 허리를 펴고 콩콩 두드리며 멍하니 저 회나무 건너를 바라보았을 것이다.

그리고는 한숨을 쉬고 중얼거리셨겠지.

"에그, 이놈이 오늘도 안 오는구나. 내일은 오려나……."

그런 생각들이 왈칵 사부에 대한 그리움을 더해준다.

"사부님!"

목청껏 외친 장팔봉이 한 걸음에 십여 보를 건너뛰며 돌계단까지 달려갔다.

그것마저 단숨에 뛰어오른다.

부서질 듯 문을 박차고 뛰어들었다.

그리고 우뚝 멈추어 섰다.

"어?"

눈부시게 흰 마당 건너에 삼절옥당(三絶玉堂)이라고 부르는 건물이 있는데, 일자로 길게 늘어진 그것이 사부의 거처이면서 사랑방이고 학동들에게 글을 가르치는 서당을 겸하고 있다.

넓은 대청에 학동들이 바글거리며 앉아 있으면 그곳이 바로 서당이 되는 것이고, 왼쪽의 내실로 들어가면 그곳이 사부의 침소이면서 다청이 되기도 하는 소박한 구조였다.

장팔봉은 삼절옥당 뒤에 있는 별채에서 기거했었다.

말이 별채이지, 실은 헛간에 딸려 있는 골방이라고 해야 옳다.

그리고 삼절문의 무공을 배우고 연습하던 연무장은 더 안쪽, 절벽 아래에 있다.

오십여 명의 장정들이 들어설 만큼 널찍한 마당인 것이다.

언제나 아이 놈들이 와글와글 떠들어대는 소리로 시끌벅적하던 그 삼절옥당이 오늘은 만고사의 절간만큼이나 적막했다.

낯선 고요함이라 어리둥절한데, 텅 빈 대청에 사부가 우두커니 앉아서 이쪽을 바라보았다.

혼자서 차를 마시고 있었던 듯했다. 찻잔을 든 채 물끄러미 바라보는 얼굴이 태연하다.

마치 아랫마을에 심부름을 보냈던 장팔봉이 머리를 끄덕이며 들어오는 걸 바라보는 것 같다.

몇 년 만의 만남이고, 삶과 죽음의 고비를 수없이 넘겨오면서 이곳까지 온 것 아닌가.

'이래도 되는 거야?'

장팔봉에게 그런 의문과 불만이 드는 건 당연했다.

들고 있던 찻잔을 내던지고 달려와 부둥켜안기라도 해야 무언가 그럴듯한 그림이 되지 않겠는가.

그러면 울면서 사부님을 붙들고 매달리는 것이다.

사부는 고생했다고 위로하며 등을 토닥거려 주고, 저는 그런 사부의 건강을 염려하며 안쓰럽게 바라본다.

두 사제지간의 정이 부자간의 그것 못지않게 깊으니 그게 당연한 재회의 절차가 되어야 하는 것이다.

그런 다음에 무릎을 꿇고 절을 드리면 사부는 주름진 얼굴 가득 흡족한 웃음을 짓는다. 그러면서 그동안 얼마나 고생이 많았느냐는 둥, 네가 정말 자랑스럽다는 둥, 너를 키우고 가르친 보람을 이제야 느낀다는 둥 뭐, 그런 말을 해주어야 정상이다.

그런데 이건 마치 소 닭 보듯 하지 않는가.

낯선 사람을 대하듯 한다.

무슨 일로 왔느냐고 묻기라도 할 얼굴이다.

그래서 장팔봉은 제가 혹시 잘못 찾아왔나? 하는 엉뚱한 생각마저 들었다.

두리번거린다.

이곳이 삼절무관 맞지? 하는 얼굴인데, 그게 더 기막힌 일이었다.

눈을 감고서도 돌아다닐 수 있을 만큼, 제 몸처럼 익숙한 곳에서 낯선 기분을 느끼다니…….

저 노인네가 드디어 노망이 들어서 사람도 알아보지 못하는 모양이구나, 하는 생각이 절로 드는데 사부의 불호령이 이마에 떨어졌다.

"이놈아, 왔으면 냉큼 겨 들어올 것이지, 거기 서서 뭐 하고 자빠졌는 게야!"

"예?"

"저녁에 손님들이 온다고 했다. 세 명이니까 알아서 해."

"……."

"귀한 손님들이니 정성을 다해야 한다. 어여 시작해."

'이런 염병할!' 하는 소리가 절로 나오려는 걸 억지로 눌러 참았다.

조심스럽게 사부를 바라보는 건 사부의 정신 상태가 염려되어서였다.

"사부님, 제가 누군지 아시겠어요?"

대답이 없다. 그냥 물끄러미 바라본다.

"기억나세요?"

"이놈이 미쳤나?"

"그럼 제가 어디에 다녀온 길인지 아세요?"

"무림맹에 갔었잖아, 이놈아. 삼 년 전에."

"엥?"

다 알고 있다. 정신 줄 놓은 건 아닌 게 확실하다.

'그럼 뭐냐?'

장팔봉이 사뭇 헷갈려 하는데 사부가 버럭 소리쳤다.

"이놈이 몇 년 밖으로 싸돌아다니더니 정신을 어디에 빼놓은 거야? 아니면 간덩이만 부어서 돌아온 거냐? 감히 사부의 말을 우습게 여기다니! 네가 정녕 죽고 싶은 게로구나?"

찻잔이 휙, 하고 귀 밑을 스쳐 지나간다. 쨍그랑, 하고 그것이 박살나는 소리를 듣자 정신이 번쩍 들었다.

두리번거리던 사부가 이번에는 차 주전자를 집어 들고 있지 않은가.

"가요, 가! 간다구요, 젠장할!"

머리통을 감싸 안은 장팔봉이 재빨리 주방으로 달려가며 악을 썼다.

이거 내가 괜히 왔나 보다 싶은 후회가 들지 않을 수 없다.

사부의 잔소리가 그리워졌다니 나도 참 미친놈이지, 하는 자학도 하게 된다.

앉아서 쉴 새 없이 밥 하고, 밀린 설거지 하고, 이것저것 푸짐하게 반찬 만들고 하느라 눈코 뜰 새 없이 바빴다.

처음에는 사부가 그렇게 서운하고 원망스러울 수 없었는데, 정신없이 움직이다 보니 조금씩 잊어버리게 되었다.

늘 밥 하고 청소 하고 하는 일은 제 몫 아니던가.

몇 년 손에서 놓았지만 이렇게 다시 주방에 들어와 설치기 시작하자 금방 익숙해졌다.

마치 사문을 떠나기 전의 그때로 되돌아온 것 같은 착각마저 든다.

변한 게 아무것도 없으니 그렇다. 그게 오히려 마음을 편하게 해준다.

그래서 열심히 이것저것 손에 익은 일을 하는 동안 저도 모르게 콧노래까지 나왔다.

그리고 어느 순간부터인가 장팔봉은 제가 사문을 떠났었다는 것도, 강호에서 그렇게 많은 일들을 겪었고, 그때마다 생사의 고비를 넘나들었다는 것도 까맣게 잊어버렸다.

그저 여기가 내 집이고, 내 사문이라는 것만 생각할 뿐이고, 유일하게 세상에서 믿고 의지할 단 한 사람인 사부가 저렇게 정정하다는 게 즐겁기만 했다.

장팔봉이 언제 집을 나갔었느냐는 듯 콧노래를 흥얼거리며 신나게 주방 일을 하고 있는 중에 과연 세 사람이 찾아왔다.

사부가 신경 써서 저녁 식사 준비를 하라고 시킨 걸로 보아 대단한 손님들일 것이다.

라고 짐작하고 있었는데, 그들을 보자 그런 생각이 한순간에 사라지고 '염병!' 하는 불만이 터져 나왔다.

익히 낮이 익은 사람들이었던 것이다.

다름 아니라 사문에 돌아오기 전에 잠시 들렀던 저 아래 만고사의 주지 스님과 두 명의 중년 중들이 아닌가.

뚱뚱한 중은 도량(道量)이고, 삐쩍 마른 중은 도천(道川)이다.

모두 주지인 만성(卍星) 노스님의 제자들이기도 하다.

원래 네 명이 있었는데 그동안 두 명이 죽었다고 하니 새삼 세월의 무상함을 느끼게 된다.

그래도 두 명이 남아 있으니 노주지 스님을 봐서는 다행이

긴 한데, 장팔봉에게는 그들에게 먹이려고 쌀 씻고 반찬 장만하고 한 노력이 억울하기만 했다.

장팔봉이 삼절문을 떠날 무렵에 그들은 넉넉하고 푸근한 사람들이었다. 그런데 오늘 다시 보니 무언가 강퍅해져 있는 것 같은 인상이었다.

그게 이상하다고 생각되었지만 크게 신경 쓰지 않았다. 사부의 불호령이 떨어지기 전에 후다닥 식탁을 차려야 하는 일이 무엇보다 급하기 때문이다.

주방과 사랑채를 바쁘게 오가면서 내내 투덜거렸는데, 식탁을 사이에 두고 마주 앉은 사람들은 조금도 귀 기울이지 않았다.

낮은 음성으로 소곤소곤 무엇인가를 얘기하다가 장팔봉이 음식 접시를 들고 들어오면 말을 뚝, 멈추곤 한다.

그게 장팔봉의 기분을 더 나쁘게 했다.

몇 년 떠나 있었다고 외인처럼 대하는 것 같으니 그렇다.

"뭐야, 내 집에 내가 왔는데 나를 경계하는 거야?"

잔뜩 기분이 나빠진 장팔봉은 그래서 저녁도 먹지 않은 채 삼절문을 나왔다.

마을에라도 내려가 한바탕 수다를 떨 상대를 찾으려는 생각에서였다.

그리고 이상한 기미를 느꼈다.

삼절문을 나서기 무섭게 누군가 뒤에 따라붙은 것 같은 느낌을 받았던 것이다.

누구보다 느낌이 발달한 장팔봉 아니던가. 즉각 '이건 뭔가 있다!' 하는 감이 오는데, 그게 무엇인지 알 수 없으니 답답하기도 했다.

훽, 뒤를 돌아보면 아무것도 없고, 다시 걸으면 뒤통수에 누군가의 눈길이 달라붙는 것 같으니 기분이 영 찜찜했다.

마치 귀신이라도 따라붙은 것 같지 않은가.

몇 번을 갑자기 뒤돌아보아도 마찬가지였다. 제 그림자 하나가 더 생긴 것만 같다.

그래서 장팔봉은 신경 끄기로 했다.

"제기랄, 내가 요 며칠 시달릴 대로 시달리다 보니 너무 예민해진 거야."

그 시간, 황하 건너 대우진에서도 이상한 일이 벌어지고 있었다.

바로 장팔봉의 불알친구인 개아범 당가휘의 변화다.

"어떻게 되었어?"

수하들에게 눈을 부라리는 그는 장팔봉을 대할 때의 그 친근한 당가휘가 아니었고, 대우진의 저자를 활보하던 때의 그 활기차고 거들먹거리던 당가휘도 아니다.

그 앞에 꿇어 엎드려 있는 자도 그랬다.

바로 장팔봉에게 시비를 걸었던 놈. 호리호리하고 얍삽하게 생긴 왕팔단이었는데, 그는 마치 제 조상 귀신이라도 대하듯이 당가휘를 대하고 있었다.

저 앞쪽, 문 닫아 건 객잔의 입구에 우뚝 서 있는 거구의 사내와 세 명의 검은 옷을 입은 건달패들도 마찬가지였다.

감히 숨도 크게 쉬지 못하고 석상처럼 우뚝 서서 눈만 뒤룩 거리고 있다.

당가휘의 물음에 왕팔단이 조심스럽게 머리를 들고 말했다.

"한 무리의 정체는 확실해졌습니다."

"계속해."

"천화상단입니다."

그 말에 당가휘의 이마에 깊은 골이 파인다.

잔뜩 낯을 찌푸린 그가 혼잣말처럼 중얼거렸다.

"천화상단이라고? 그 잡놈들이 군침을 흘리고 있단 말이지? 홍, 분수를 모르는 얼간이들 같으니."

"놀라운 건 상단의 주인인 삼선밀교 진소소가 몸소 나섰다 는 것입지요."

"응? 그 요망한 것이 몸소 나왔다고?"

그 말에 비로소 당가휘의 눈이 휘둥그레진다.

왕팔단의 보고가 계속되었다.

"게다가 그녀의 수신호위들 모두가 나섰습니다."

"몇 명이냐?"

"모두 네 명입니다."

"네 명이라고? 그건 이상하군. 그녀의 수신호위라면 가중악 과 지마 종자허라는 자가 있을 뿐인데?"

"불견자 풍곡양이 동행했습니다."

"무엇?"

당가휘의 얼굴에 놀람이 물결쳐 간다.

그가 잔뜩 낯을 찌푸린 채 중얼거렸다.

"그 돈 귀신이 몸소 나섰단 말이지? 그렇다면 눈에 보이지 않는 귀신들도 그들과 동행하고 있다는 얘기로군. 제기랄."

그가 말하는 건 풍곡양이 거느리고 있는 살수의 무리들이었다.

살곡(殺谷)이 폐쇄된 뒤에도 그곳에서 악명을 떨치던 자들 중 상당수가 여전히 풍곡양을 따르고 있었는데, 몇 명이나 되는지 아는 자가 없다.

풍곡양이 직접 나섰다니 그들 귀신 같은 놈들이 은밀하게 따르고 있을 게 틀림없다.

어쩌면 앞서서 이곳에 들어와 있을지도 모른다는 생각에 당가휘는 바짝 긴장했다.

"다른 놈은?"

"종자허 외에 낯선 자가 한 놈 더 붙었는데, 속하가 알아본 바로는……."

"말해봐."

"몇 년 전에 사라졌다고 알려졌던 비천혈검 우문한인 것 같습니다."

"비천혈검 우문한이라고? 이런 염병할!"

당가휘가 발을 굴렀다. 다들 흠칫 놀라 어깨를 떨며 긴장한다.

"대체 그놈이 왜? 무엇 때문에 천화상단을 돕고 있단 말이냐?"

"그건 속하도 잘……."

"끄응—"

당가휘의 얼굴에 수심이 가득해졌다.

비천혈검 우문한과 마주친 적은 없다. 하지만 한때 강호에 진동했던 그자의 악명에 대해서는 누누이 들어왔다.

검을 쥐면 천하에 적수가 없을 거라고들 수군대지 않았던 가. 냉정하고 냉혹하기 짝이 없는 도살자.

그놈이 갑자기 강호에서 사라진 것도 화제였지만, 이렇게 불쑥 다시 나타났는데 천화상단의 호위무사가 되어서라니 어리둥절해진다.

당가휘가 주위를 둘러보았다.

객잔의 문 앞을 지키고 서 있는 네 명의 수하 중 우문한의 상대가 될 만한 자가 없다. 그건 한쪽 구석에 도열해 서서 눈알을 뒤룩거리고 있는 객잔의 주인이며 종업원들도 마찬가지다.

누구 하나 우문한은커녕 지마 종자허의 상대가 될 만한 자가 없는 것이다. 게다가 풍곡양이 있고, 그 무공의 화후가 어떤지 짐작조차 할 수 없다는 가중악이 있으니 이건 난감하기만 했다.

第六章
알 수 없는 일들

鳳鳴刀
봉명도

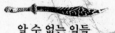

알 수 없는 일들

'도움을 청해야 하나?'

당가휘에게 그런 마음이 드는 건 당연한 일이었다.

비록 진소소가 겨우 네 명의 호위를 거느리고 있을 뿐이지만 천군만마를 대동하고 있는 거나 마찬가지라는 걸 알았으니 머리가 지끈거린다.

잠시 그런 생각에 골몰해 있던 당가휘가 다시 물었다. 이번에는 객잔의 종업원에게다.

"그쪽 일은?"

주방에서 보조 노릇을 하고 있던 자가 앞치마에 손을 문지르며 앞으로 나섰다.

먼저 당가휘에게 공손히 머리를 숙이고 나서 말한다.

"모두 삼십오 명입니다."

"천검보의 후레자식들이 틀림없는 거지?"

"그렇습니다."

"누가 우두머리냐?"

"천검보주의 혈육인 곽서언이 틀림없습니다."

"그 옥기린 곽서언이라고?"

당가휘가 이번에도 눈을 동그랗게 떴다. 자못 놀란 얼굴이다.

"아니, 그놈은 제 아비의 품에서 꼼짝도 하지 않는 방 안 서생 아니더냐?"

그게 곽서언에 대한 강호의 평이었다.

그는 여간해서는 천검보가 있는 천도호 밖으로 나오지 않던 것이다.

하지만 한 번 나오면 반드시 강호에 풍파를 일으키곤 했다.

그의 무공 화후는 제 아비의 진전을 그대로 이어받아 측량할 수 없을 만큼 높고 깊었다.

그렇게 알려져 있다.

그러므로 한 문파의 존장이라 할지라도 곽서언에게는 한 걸음 양보하기 일쑤이기도 하다.

그의 무공도 무공이지만, 천검보의 공자라는 무시할 수 없는 배경 때문이기도 하다.

그놈이 수하들을 이끌고 그처럼 은밀하고 신속하게 달려오고 있다니 그것 또한 걱정이 되지 않을 수 없다.

지금은 천검보의 위세가 패천마련을 주춤거리게 할 만큼 크지 않던가.

　그곳에서도 정예들을 보냈을 게 틀림없으니 이 궁벽한 산골에 대우진이라는 나루가 생긴 이래 그와 같은 일은 처음일 것이다.

　당가휘의 일그러졌던 얼굴에 결연한 빛이 떠올랐다.

　그가 문 앞에 있는 거구의 사내에게 말했다.

　"열 명을 데리고 가라."

　거구의 사내가 바짝 긴장하여 명을 듣는다.

　"대우진에 들어와 있는 자들을 샅샅이 조사해. 수상한 자라고 여겨지면 더욱 철저히 밝혀내라."

　"알겠습니다."

　"분명 살곡 출신의 정탐꾼들이 들어와 있을 테니 그놈들을 잡아야 해."

　"존명!"

　거구의 사내가 우렁차게 외쳤다.

　그의 모습은 더 이상 대우진의 저자를 어슬렁거리는 건달의 그것이 아니다.

　마치 규율이 엄격한 한 문파나 방회의 충복 같지 않은가. 게다가 돌아서 나가는 그 듬직한 뒷모습에서 장팔봉에게 두드려맞던 때의 그 껄렁하던 모습은 찾아볼 수 없었다.

　태산이 움직이는 것처럼 듬직하고 무거운 것이 전혀 다른 사람이 된 것 같았다.

당가휘의 명령은 물 흐르듯 흘렀다. 이번에는 객잔의 장궤며 종업원들에게다.

"너희들은 지금 즉시 사방에 풀어놓은 정탐을 두 배로 늘리고 철저히 관리 감독하는 일을 한다. 절대로 천검보의 무리가 대우진에 들어와 난동을 부리는 일이 없도록 해라."

"명을 받듭니다."

장궤가 포권하고 급히 점원들을 몰아 사라진다.

그 모습 또한 인상 좋고 후덕해 보이던 장궤의 그것이 아니었다.

날카로운 예기가 절로 느껴지는 것이 고수의 면모 그대로였다.

그 모습은 당가휘 또한 마찬가지였다.

그가 지그시 쥔 주먹으로 제 손바닥을 두드리며 중얼거렸다.

"어떤 놈도 대우진을 벗어나지 못할 것이다. 어떤 놈도 내 허락 없이는 강을 건너지 못하는 거야."

* * *

그 시간.

삼절문을 나와 마을로 향하던 장팔봉도 잔뜩 인상을 찌푸리고 있었다.

'대체 이게 뭐냐?'

점점 뒷덜미가 으스스해지는 기분 때문에 영 꺼림칙했다.

마을로 내려가려는 생각을 버린 채 엄한 산길을 배회하는 건 어떻게 해서든 이 알 수 없는 느낌의 정체를 밝혀내기 위해서이다.

그가 숲을 배회하는 동안 뒷덜미에 달라붙은 느낌이 하나 더 늘었다.

장팔봉은 직관적으로 그것을 파악했다. 모두 두 개의 서로 다른 느낌이다.

'두 명.'

그것을 확신하자 제가 어떻게 처신해야 할지를 두고 머리가 핑핑 회전하기 시작했다.

저 정도로 자신을 감추면서 끈질기게 따라붙을 수 있는 놈들이라면 예사 능력을 가진 자들이 아니다.

그런 놈들 두 명을 상대해서 과연 내 한 몸을 지킬 수 있을지 걱정되었던 것이다.

하지만 장팔봉이 즉각 행동하지 않는 건 그런 두려움 때문만은 아니었다.

웬일인지 그 두 놈이 어떤 행동도 취하지 않고 있었기 때문이다.

적이라면 이처럼 인적 없는 산속에 있을 때 덮쳐야 할 것 아닌가.

적이 아니라면 이렇게 끈질기게 따라붙을 리도 없다.

그러니 사뭇 헷갈렸던 것이다.

대체 저놈들의 목적이 무엇인지 추측해 보느라고 머리가 쉴 새가 없다.

장팔봉이 그렇게 머리 아파하고 있을 때 삼절문에서는 네 사람이 마주 앉아 묵묵히 식사를 하고 있었다.

저 아래 만고사의 세 스님은 말이 없고, 문주이자 장팔봉의 사부인 왕 노인, 왕필도 역시 말이 없었다.

그렇게 재미없는 식사가 끝났고 차를 마시면서도 여전히 말이 없다.

한참 만에야 노스님이 느릿느릿 입을 열었다.

"그래, 왕 시주께서는 이제 어찌하시려오?"

뜬금없는 질문이다.

하지만 왕 노인은 이미 생각해 두고 있었다는 듯 주저하지 않고 대답했다.

"어쩌긴 뭘 어쩌겠어? 당신이나 나나 거울을 한번 봐. 그게 답이야."

"아미타불. 그렇지요. 그 안에 답이 있지요."

"이만큼 살았으니 지금 죽는다고 해도 한은 없어. 하지만 말이지……."

"아미타불. 소승 또한 그렇다오. 왕 시주의 생각과 조금도 다르지 않아. 지금 부처님께서 불러 열반에 들게 된다면 오히려 감사해야 할 일이지. 하지만 이승에 한을 남겨두게 될까 봐 그게 걱정스럽다오."

"제기랄."

왕 노인이 탁, 소리가 나게 찻잔을 내려놓았다. 멍하니 허공을 바라본다.

그들 사이에 다시 무거운 침묵이 흘렀고, 이번에도 노스님이 그것을 깨뜨렸다.

그가 제자인 두 중년의 스님들에게 물은 것이다.

"그래, 할 수 있겠느냐?"

큰 제자인 도량이 공손히 합장하고 먼저 불호를 왼 다음에 점잖게 입을 연다.

"제자들의 소임이 무엇인지 한시도 잊은 적이 없으니 반드시 성취할 것입니다. 사부께서는 안심하소서."

노스님이 혀를 찬다.

"쯧쯧, 내 말은 그게 아니지 않느냐? 할 수 있느냐, 없느냐를 물었다."

"반드시 해내겠습니다."

"그래야지. 목숨은 하나도 아깝지 않느니라. 지난 오십 년 동안 감추어온 사문의 한을 풀지 못하는 게 억울한 거지. 헛되이 죽는다면 부처님도 꾸중을 하실 거다."

"명심하겠습니다."

노스님이 이번에는 둘째 제자인 도천에게 물었다.

"네 일은 어찌 되었는고?"

"그들이 강을 건너온다면 반드시 후회하게 될 것입니다."

"흘흘, 그 말은 만반의 준비가 되었다는 것이렷다?"

"사부께서는 안심하소서."

"좋다. 너희들의 말을 들으니 비로소 마음이 놓이는구나. 그렇지 않소? 왕 시주."

왕 노인이 머리를 끄덕여 긍정했으나 그 얼굴은 여전히 시무룩했다.

한 가지를 걱정하기 때문이다.

자신의 목숨에 대한 게 아니라 바로 장팔봉의 안위에 대한 것이다.

그 눈에 넣어도 아프지 않을 제자의 한 몸에 이 모든 사람들의 오십 년 한과 염원이 깃들어 있으니 더욱 그렇다.

장팔봉이 그것을 모르고 있다는 게 지금으로서는 다행이기도 하다.

안다면 중압감 때문에 벌써 어디론가 달아나 버렸을 테니까.

노스님이 몸을 일으키며 혼잣말처럼 중얼거렸다.

"이럴 때 백 장로가 있었으면 큰 도움이 되었을 텐데 그게 아쉽군. 아미타불."

그 말에 왕 노인이 발끈했다.

"쓸데없는 소리! 우리끼리 해내겠다고 맹세한 일을 그새 잊었단 말이오?"

노스님이 당황하여 손사래를 친다.

"어디, 어디, 소승이 잊었을 리가 있소? 다만 한 가닥 불안 때문에 그런 것이니… 아미타불. 아마도 나 역시 늙었기 때문인가 보오."

"흥."

왕 노인이 코웃음을 치고 외면하는데 쓸쓸한 기색이 가득했다.

장팔봉이 돌아왔을 때는 노스님들이 떠나고 없었다.

텅 비어버린 집에 사부 혼자 우두커니 앉아 있는 모습을 보자 가슴이 짠해진다.

대문을 들어서자 등 뒤에 내내 따라붙었던 감시의 눈길이 씻은 듯 사라졌으므로 장팔봉은 한편으로 안도하면서 한편으로는 여전히 불안해서 두리번거렸다.

사부가 그런 장팔봉을 보고 혀를 찬다.

"쯧쯧, 이놈아, 몇 년 떠나 있었다고 이 집이 이제는 낯설어지기라도 한 거냐? 사람 많은 데에서 으스대며 사는 게 익숙해져서 이제는 이 산골짜기가 지겨워진 거지?"

"그게 아니고요."

"아니긴 뭐가 아니야? 기다려라, 이 늙은 사부가 죽을 날도 멀지 않았으니까. 그러면 네 마음대로 훨훨 세상으로 나가든지 말든지 자유 아니겠어? 좋지?"

"아, 그게 아니라니까요."

"아니면 말고."

장팔봉은 사부의 저 능청이 답답하기만 했다.

'말해드려? 아니지. 그러면 괜히 걱정하시지 않겠어? 사부

님을 편하게 해드리지는 못할망정 걱정을 끼쳐 드려서는 안
되지.'

그런 생각 때문에 장팔봉은 끝내 저를 감시하던 눈길에 대
해서 함구할 수밖에 없었다.

'어떤 일이 있어도 사부님에게 해가 미치도록 하지는 않을
것이다.'

그런 생각으로 주먹을 불끈 쥔다.

저에게 닥친 일은 제가 해결하겠다고 결심하는 건 역시 늙
어서 초라해진 사부에 대한 애정 때문이었다.

말년을 편하고 안락하게 해드리고 싶은 효심이기도 하다.

'역시 하루라도 빨리 이곳을 떠나는 수밖에 없어.'

그런 생각이 드는 것 또한 마찬가지 이유에서이다.

제가 있는 한 뒤쫓는 자들이 있을 것이고, 분란이 생길 것이
기 때문이다.

그러면 사부님의 마음이 편해질 수가 없지 않겠는가.

그래서 장팔봉은 내일 날이 밝으면 다시 이곳을 떠나 혼자
만의 여정에 오르기로 작정했다.

그 속마음을 드러내지 못하고 혼자서 서글퍼하는데 사부가
말했다.

"그래, 패천마련의 뇌옥에서 다섯 마귀들을 만났고 그들의
절기를 익혔다면서?"

"예? 아니, 어떻게 아세요?"

"흘흘, 이놈아. 늙은 사부라고 이제는 아예 대놓고 업신여기

는 것이냐?"

"아니, 그런 건 아니고요. 제가 말씀드리지도 않은 일을 알고 계시니 그런 것 아닙니까?"

"흘흘, 내 가르침이 무엇이었더냐? 먼저 보는 놈이 이긴다. 이거 아니었더냐?"

"그렇지요. 그리고 그 말씀이 백 번 옳다는 걸 충분히 알고 있습니다."

"바로 그거야. 네놈이 말하지 않아도 네놈에 대한 일은 훤히 꿰고 있느니라."

"그러니까 어떻게요?"

"흘흘, 아직 내 귀는 멀쩡하거든. 소문도 듣지 못하는 줄 아느냐?"

"아니, 그럼 저에 대한 소문이 이 산골짜기에까지 흘러들어 왔단 말입니까?"

"세상천지에 네놈이 봉명도를 찾아가고 있다는 걸 모르는 사람은 없어."

그럴 것이다.

장팔봉도 이제는 그것이 더 이상 감추고 말고 할 비밀이 아니라는 것을 안다.

하지만 여전히 사부가 어떻게 패천마련의 그 지옥에서 있었던 일까지 아는가, 하는 건 의문이었다.

'그렇다면 그 소문까지 이미 널리 퍼졌단 말인가?'

그렇게 생각할 수밖에 없는데, 누가 그랬는지 알 수 없으니 답답하다.

'우문한 아니면 그 요망한 백 사고의 입에서 나왔겠군.'

그렇게밖에는 믿을 수 없는 것이, 그들 말고는 내막을 아는 사람이 없으니 그렇다.

하지만 이곳에 올 때까지 많은 사람을 만났고, 많은 일들을 겪었지만 누구도 자신에게 다섯 노마귀에 대한 일은 물어보지 않았다.

그건 곧 아무도 그 일을 알지 못한다는 것 아니겠는가.

그 생각을 하자 머릿속이 혼란해졌다.

도대체 무엇이 진실이고 무엇이 거짓인지 온통 헷갈리기만 한다.

이 깊은 산속의 촌마을에서 평생을 보냈을 뿐, 바깥세상과는 담을 쌓고 살아온 저 늙은 사부조차도 의심이 드니 그런 자신이 싫기도 하다.

장팔봉이 그런 생각들에 빠져서 자신을 잊고 있는데, 그게 왕 노인의 눈에는 얼이 빠진 것으로 보인 모양이었다.

"이놈아! 어디에 정신을 팔고 있는 거야? 사부의 말이 말 같지 않은 거냐?"

"아코!"

이마에 딱! 하고 부딪친 건 사부가 늘 손에 쥐고 있던 호두알이었다.

장팔봉이 새된 비명을 지를 만큼 커다란 아픔이 머릿속을 온통 하얗게 만들어 버린다.

온갖 복잡하던 생각들이 한순간에 사라져 버리고 현실을 되찾자 사부에 대한 원망의 말이 절로 튀어나왔다.

"왜 때려요? 내가 뭘 잘못했다고! 내가 동네북이야?"

"흘흘, 이제야 정신이 돌아온 모양이로군. 암, 그래야지."

장팔봉이 바락 악을 쓰자 그제야 왕 노인이 흡족한 듯 웃었다.

바로 그 모습이 이곳을 떠나기 전까지 익숙하게 보아왔던 장팔봉의 모습이었기 때문이다.

저렇게 악을 쓰고 대들면서도 시키는 일은 꼬박꼬박 하지 않았던가.

입으로는 투덜댈망정 손과 발은 부지런히 움직였다.

흐뭇한 얼굴로 장팔봉을 바라보던 왕 노인이 명령했다.

"어디, 그곳에서 배워왔다는 그 다섯 가지 초절기들을 한번 구경해 보자."

"에, 그건……."

"왜? 싫다는 거냐? 사부가 훔쳐 배울까 봐서?"

"아니, 그게 아니고요. 실은 아직 완벽하지 못하거든요."

"뭐가? 네 타고난 재주를 내가 아는데 나를 속이려고?"

"뭐, 제 재주야 거의 신의 경지에 닿아 있는 게 사실이기는 하지요. 커흠."

금방 교만해져서 우쭐대는 장팔봉의 모습에 왕 노인이 쯧쯧, 하고 혀를 찼다.

대체 저놈이 언제나 철이 들려나, 하는 얼굴이다.

장팔봉은 사부의 그런 얼굴이 재촉하는 것이라고 판단했
다.

머뭇거리면 또 뭐가 날아와 제 머리통의 단단함을 시험해
볼지 모른다.

즉시 자세를 잡은 장팔봉이 천천히 다섯 늙은 괴물 사부들
로부터 배운 무공 초식을 펼쳐 보이기 시작했다.

먼저 무영혈마 양괴철의 신법 절기인 환영마보를 시연했는
데, 한 걸음을 옮길 때마다 그의 그림자가 대여섯 개로 늘어나
는 것 같은 착각이 들 정도였다.

이리저리 몸을 움직이고 맴돌며 나가고 물러서는 움직임이
신묘하기 짝이 없다.

구궁을 밟고 오행의 순리에 따르며 팔괘의 조화를 담았으니
그 안에 깃들어 있는 수많은 변화를 알아챌 수가 없다.

다음으로 장팔봉은 무정철수 곽대련의 마정십지를 선보였
고, 이어서 독안효 공자청의 염왕진무와 왜마왕 염철석의 화
염마장, 그리고 절세신마 당백련의 칠십이로 파천도법을 남김
없이 시연했다.

그 다섯 가지의 초절기들이 마치 서로 꼬리에 꼬리를 물듯
이 줄줄 쏟아져 나오는데, 어디 한 군데 막히는 곳이 없고 어색
한 곳도 없었다.

젓가락질을 하듯이 자연스럽게 한다.

머릿속에 초식이 떠오르기도 전에 손과 발이 이미 그것을
풀어내고 몸이 그것을 따르는 격이었다.

그것을 바라보는 동안 왕 노인의 흐리멍덩하던 노안에 신광
이 이글거리기 시작했다.

그러더니 그것이 점점 강렬해져서 은은히 붉은 자색의 기운
마저 띠고 활활 타오른다.

장팔봉은 그런 것을 알지 못했다. 제가 펼치는 절세적인 초
식에 스스로 푹 빠져서 삼매경 속을 헤매고 있으니 그렇다.

장팔봉이 그렇게 무섭도록 몰입해 들어가는 일은 처음이었
다.

지옥으로 불리는 지하 뇌옥 안에서 다섯 늙은 괴물 사부들
로부터 무공을 배울 때도 이와 같지 않았다.

그건 장팔봉으로서도 처음 겪는 신기한 경험이었다.

다섯 개의 서로 다른 절기들을 한꺼번에 풀어놓기 시작하자
묘하게도 손이 손을 부르고 초식이 초식을 이끌었으며 몸이
저절로 그것들을 따라 반응했던 것이다.

마치 뒤엉켜 있던 실타래가 어느 순간엔가 줄줄 풀어지기
시작한 것과 같이 상쾌한 일이기도 했다.

멈추려고 해도 다 끝나기 전에는 절대 멈출 수 없는 이상한
춤사위와도 같다.

그렇게 홀린 듯이 초식을 풀어내던 장팔봉에게 문득 떠오르
는 생각이 있었다.

'순서를 바꾸면?'

그런 궁금증이 들기 무섭게 그가 이번에는 절기들의 순서를
바꾸어서 다시 펼쳐보았다.

마찬가지 결과다.

뒤죽박죽으로 펼쳐도 그렇고, 한 가지 절기를 펼치는 중에 다른 절기를 섞어보아도 그렇다.

그 서로 다른 다섯 개의 절기들은 마치 하나인 것 같았다.

한 몸에서 뻗어나간 서로 다른 가지들 같다.

어느 것을 이어 붙이든 톱니바퀴가 서로 빈틈없이 맞물려 돌아가듯 자연스럽게 통했던 것이다.

장팔봉은 그런 기막힌 현상에 놀라는 한편 저도 모르게 그것들의 조화로움이 가져다주는 재미에 흠뻑 빠져 버렸다.

그래서 말 그대로 홀린 듯이 쉬지 않고 초식을 거듭해 펼친다.

텅 빈 마당에 그의 너울대는 그림자가 가득해졌고, 쉭쉭거리는 바람 소리가 가득해졌다.

마치 유령이 춤을 추는 것도 같고, 천신이 하강하여 천무를 추는 것 같기도 했다.

장팔봉이 그런 제 춤사위에 취해 있다면 그것을 바라보는 왕 노인도 그랬다.

제 스스로도 자신의 눈에서 번쩍이는 신광이 뻗어나간다는 것도 잊은 채 넋을 잃고 장팔봉의 시연을 바라본다.

입마저 헤, 벌린 채 상체가 앞으로 점점 쏠렸다.

장팔봉의 온몸은 땀으로 흠뻑 젖어 있었다. 숨결이 거칠어진다.

팔다리의 힘이 빠져서 기진하지 않았더라면 밤새 그렇게 혼자서 춤을 추고 있었을 것이다.

비틀거리던 그가 기어이 버티지 못하고 털썩 주저앉더니 이
내 큰대 자로 벌렁 누워버렸다.

풀무질을 하듯 거친 숨을 씩씩 뱉어낸다.

"일어나라! 일어나!"

왕 노인이 탁자를 두드리며 마구 소리쳤다.

"어서 일어나!"

겉으로는 투덜대고 심술궂게 굴망정 사부의 명령을 하늘처
럼 떠받드는 장팔봉이다.

겨우 일어나 앉아 헐떡거리며 원망하는 눈으로 사부를 노려
본다.

"빨리, 빨리 해봐라! 어서!"

왕 노인은 곧 세상의 종말이라도 올 것처럼 서둘러 댔다.

"뭘 말입니까?"

"이놈아, 사문의 도법 말이다! 그새 다 잊어버리지는 않았겠
지?"

"쳇, 삼절문의 도법이라면 이가 갈리고 치가 떨리도록 수련
했는데 뭘 새삼스럽게 또 해 보이란 겁니까?"

"이놈아, 말대꾸하지 말고 어서 해봐!"

사부의 손이 벼루로 가는 걸 본 장팔봉이 벌떡 뛰어 일어났
다.

두리번거리더니 사부의 지팡이를 냉큼 집어 들고 삼절문의
도법을 시연하기 시작했다.

몸이 부들부들 떨리고 손발에 힘이 빠져서 비틀거리지만 그래도 이를 악물고 사부의 명에 따른다.

사부는 냉혹했다. 인정사정없다.

"이놈! 제대로 하지 못해!"

장팔봉은 죽을 맛이었다.

하던 걸 멈추고 멍하니 사부를 바라보다가 마지막 기운을 쥐어짜서 삼절도법의 제일초식인 춘풍래천(春風來天) 여덟 초식에서 시작하여 제이초식인 풍우생지(風雨生地) 여덟 초식과 제삼초식인 자연양인(自然養人) 여덟 초식에 이르기까지 제 사문의 도법 삼 초식 이십사 변을 풀어냈다.

어려서부터 혹독하게 익히고 연마한 터라 이제는 뼛속에 새겨졌다고 해도 과언이 아닐 만큼 익숙한 도법이다.

꿈에서도 그것을 펼치고, 눈을 감고서는 물론 거꾸로도 자유자재로 펼칠 수 있다.

'어라?'

하지만 이상했다.

멈추어지지 않는 것이다.

'이런 일은 없었는데?'

장팔봉이 눈을 휘둥그레 떴다. 머리를 갸웃거린다.

자연양인의 마지막 초식인 선인귀복(仙人歸福)으로 삼절도법 삼 초식 이십사 변은 모두 끝난다.

어려서부터 사부에게 두드려 맞아가며 배운 그 초식이 절대로 잘못되었을 리가 없고 잘못 시연했을 리가 없다.

언제나 처음에는 물 흐르듯이 잔잔하고 부드럽게 시작해서 격류를 타고 뇌성벽력을 쏟아낸 다음에 선인귀복에 이르러 넓고 광대한 변화를 깔끔하게 마무리하지 않았던가.

거기가 끝인 것이다.

남은 것은 잘했다는 사부의 칭찬뿐이다.

그런데 그렇지 않았다.

'무언가 더 있다.'

그런 느낌이 강하게 들었다.

초식이 여기서 끝나는 게 아니라는 그 느낌은 장팔봉을 당혹스럽게 했다.

도를 대신한 그의 지팡이는 어디론가 더 뻗어나가려고 꿈틀거리는데, 그곳이 어디인지 알 수 없으니 답답하기도 하다.

장팔봉이 마지막 초식을 뻗은 자세 그대로 엉거주춤하게 서서 사부를 바라보았다.

이게 무슨 일이지요? 하고 묻는 얼굴이다.

그런 장팔봉을 마주 보는 왕 노인의 표정이 점점 심각해졌다.

한참 만에야 그가 떨리는 음성으로 물었다.

"느꼈느냐?"

"느끼다니요? 아니, 그럼 사부님은 처음부터 알고 있었다는 겁니까? 삼절도법이 완전한 게 아니었단 말입니까?"

"그렇다."

"아—"

장팔봉의 온몸에서 맥이 빠져 버렸다.

지팡이를 던져 버린 그가 털썩 주저앉았다. 어이없다는 얼굴로 사부를 멍하니 바라본다.

"아니, 삼절도법은 춘풍래천과 풍우생지, 자연양인 이 세 가지 초식이 전부라고 하지 않았어요? 여태까지 저를 속였단 말씀입니까?"

세상에 이런 일이 어찌 있을 수 있단 말인가, 하는 심정이된다.

사랑하는 사부와, 그가 사랑하는 유일한 적전제자 사이에깊고 긴 침묵이 흘렀다.

한참 만에야 왕 노인이 풀 죽은 음성으로 말했다.

"네 번째 초식이 있느니라."

"네 번째 초식이라니? 그걸 왜 이제야 말씀해 주시는 겁니까?"

"너도 이제야 느끼지 않았느냐?"

그 말에는 장팔봉이 대꾸할 수 없었다.

그동안 수천, 수만 번도 더 연습해 온 사문의 삼절도법이다.

그런데 단 한 번도 지금과 같은 의문을 품어본 적이 없었던건 언제나 그 마지막 초식 선인귀복에서 깔끔하게 끝났기 때문이었다.

누가 보아도 그게 삼절도법의 모든 것이었다.

그런데 네 번째 초식이 있었다니 황당하기까지 하다.

왜 그동안은 전혀 드러나지 않았단 말인가.

"그 안에는 사연이 있느니라."

이렇게 되었으니 할 수 없다는 듯 왕 노인이 한숨인지 탄식인지 모를 신음을 섞어 말했다.

*　　　*　　　*

"구천수라신교?"

사부를 바라보는 장팔봉의 눈길이 멍해진다.

"아니, 대체 그게 뭡니까?"

"그런 게 있다고만 알아둬라."

"그것과 우리 사문이 대체 무슨 관계입니까?"

"차차 알게 될 것이다. 지금은 너무 깊이 알려고 하지 마라. 그냥 내 말을 듣기나 해."

그래도 궁금한 걸 마음에 담아두고서는 견디지 못하는 장팔봉이다.

"하나뿐인 제자에게도 감추어야 할 비밀이 있었다는 거로군요? 이제 보니 사부님은 참으로 음흉한 사람이었어."

실망했다는 듯, 믿을 수 없다는 듯한 눈길로 흘겨본다.

왕 노인이 씁쓸한 얼굴을 하고 그런 장팔봉의 눈길을 외면했다.

"구천수라신교는 천하제일의 힘이다. 그리고 그 힘의 원천은 한 부의 신경에서 나오지."

"듣기 싫어요. 듣지 않겠습니다."

"궁금하다고 하지 않았느냐?"

"죄다 말해줄 것도 아니잖아요? 괜히 사람 약 올리는 것밖에 아니잖습니까? 그러니 차라리 듣지 않겠어요."

"봉명도에 얽힌 이야기를 하려는 것인데?"

"봉명도⋯⋯."

그 말은 듣지 않을 수가 없다.

장팔봉이 솔깃해져서 귀를 기울이자 흘흘, 웃은 왕 노인이 말을 다시 이어갔다.

"지금은 사라져 흔적이 없는 그 신경을 세상은 수라신경이라고 불렀더니라."

"그게 그렇게 대단한 것입니까?"

장팔봉이 심드렁하게 대꾸하는 건 자신이 까막눈이라는 걸 잘 알기 때문이다.

신경(神經)이라면 그 안에 깨알 같은 글자가 빼곡하게 적혀 있는 물건 아니겠는가.

그러니 제게는 있어봐야 불쏘시개로나 쓰면 좋을 뿐 아무 소용이 없는 것이다.

그래도 사부의 말은 구수한 옛날이야기처럼 귓속으로 솔솔 흘러들었다.

第七章

몰려드는 어둠

鳳鳴刀
용명도

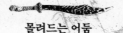

몰려드는 어둠

꽈당!

단단하게 걸어 잠겨 있던 문짝이 박살나 무너지며 풀썩, 먼지를 날린다.

"누구냐!"

음침한 어둠 저 안쪽에서 날카롭게 외치는 소리가 있었다.

이글이글 타오르는 횃불 빛을 등 뒤로 받으며 우뚝 서 있는 자는 거구의 사내였다.

그의 눈빛이 횃불보다 더 강렬하게 이글거린다.

대우진 외진 곳에 버려져 있는 낡은 헛간이었다.

쥐새끼들의 근거지로 변해 버린 그곳에 지금은 세 사람이 마주 앉아 은밀한 음성으로 무언가를 상의하고 있던 중이었다.

그러니 갑자기 뛰어든 침입자 때문에 대경실색하지 않을 수 없다.

거구의 사내가 성큼성큼 헛간 안의 어둠 속으로 걸어 들어 왔다.

"쥐새끼들."

무겁고 음침한 음성을 흘린다.

"대우진에서 내 눈을 피할 수 있을 줄 알았느냐?"

"너는?"

어둠 속에서 바짝 긴장하여 웅크리고 있던 자들 중 한 명이 거구의 사내를 안다는 듯 당황한 음성을 흘렸다.

뒤따라 다섯 명의 장정이 미끄러지듯 들어왔는데, 그들의 손에 들린 횃불로 인해 비로소 음침한 어둠이 씻겼다.

"대우진의 망나니 진석두 아니냐?"

진석두(秦石頭).

그게 거구의 텁석부리 사내를 부르는 호칭이었다.

본래의 이름이 무엇인지는 누구도 모른다.

관심을 갖는 사람도 없었다.

다만 성이 진 가라는 것만 알 뿐인데, 하고 다니는 짓이 워낙 개차반인데다가, 무식하기 짝이 없어서 그렇게 부르게 된 것이다.

그래서 이제는 대우진의 진석두라면 인근에서 모르는 사람이 없게 되었다.

단지 말썽을 달고 다니는 개차반 망나니인 줄 알았던 그 진석두가 이처럼 전혀 달라진 분위기를 풀풀 날리며 들이닥쳤으니 어지간히 놀랍고 당황스럽기도 하다.

자신을 알아본 자를 바라본 거구의 사내, 진석두가 피식 웃었다.

"누군가 했더니 철물점 고 가로군."

사내는 대우진에서 유일한 철물점을 운영하고 있는 고운석이었던 것이다.

평소 걸걸하고 놀기 좋아해서 많은 사람들과 교분을 쌓고 있던 자였다.

그를 바라보는 진석두의 눈매가 매서워졌다.

"이런 곳에서 쥐새끼처럼 숨어 무엇을 하고 있는 거지? 역모라도 꾸미는 거냐?"

고운석이 손사래를 쳤다. 어설픈 웃음을 지으며 궁색한 변명을 늘어놓는다.

"그게 아니고… 옛 친구들을 만나서 과거 얘기를 좀 하고 있는……."

"흥, 옛 친구라고?"

고운석의 뒤에 버티고 선 자들은 하나같이 날렵해 보이는 몸매에 검은 경장을 입고 검을 등에 진 자들이었다.

누가 봐도 강호의 물을 먹고 사는 자들이라는 걸 알 수 있다.

흥, 하고 코웃음을 친 진석두가 턱짓으로 그들을 가리키며 말했다.

"나는 저놈들을 알아."

"안다고? 자네가 어떻게?"

고운석이 눈을 휘둥그레 뜬다.

진석두가 진득한 비웃음을 띠고 말했다.

"잘 알고말고. 저놈들은 과거 살곡에 있으면서 돈을 받고 사람깨나 죽였던 놈들이지."

"으음—"

그의 말에 고운석은 물론 두 명의 사내도 침음성을 흘렸다. 잔뜩 긴장하여 한 걸음 물러선다.

진석두가 그들에게로 성큼 다가섰다.

"그런데 이제 보니 고 가 네놈도 살곡의 첩자였군. 이런 데 숨어서 무얼 하고 있었던 건지 이제 다 털어놓아라. 안 그러면 대갈통을 자근자근 밟아주고 말겠어."

"저놈은 내 거요! 형은 상관하지 마!"

진석두의 등 뒤에서 바락 외치며 나오는 자는 작고 마른 왕팔단이었다.

그가 품에서 두 자루의 짧은 칼을 꺼내 들고 매섭게 고운석을 노려보며 소리쳤다.

"흥, 고 가야. 언젠가는 내 손에 뒈질 날이 있을 거라고 했었지? 오늘이 바로 그날이다."

그는 평소에 철물점 고운석에게 원한을 지니고 있었던 것이다.

그건 백주 대로에서 많은 사람들이 지켜보는 중에 고운석에게 짓밟힌 적이 있기 때문이었다.

그때, 고운석은 물론 왕팔단도 제 본래의 모습은 감춘 채 오직 걸걸하고 완력 좋은 철물점 고 가와, 대우진의 똘마니 왕팔단의 신분으로 철저히 위장하고 있었다.

무공을 드러낼 수가 없으니 왕팔단이 얻어터지고 짓밟히는 건 당연했다.

그러면서도 복수하지 못하고 있었던 건 끝까지 제 정체를 드러내지 않아야 한다는 사명감 때문이었다.

하지만 이제는 그럴 필요가 없으니 마음껏 분풀이를 할 셈이다.

게다가 고 가 또한 평범한 자가 아니라 살곡의 첩자라는 게 드러났으니 더욱 거리낌이 없다.

"쳐라!"

일이 이미 감출 수 없게 되었다는 걸 알게 된 두 사내가 매섭게 외치며 몸을 날려 진석두에게 부딪쳐 왔다.

피잉, 하고 허공을 가르는 검에서 날카로운 휘파람 소리가 난다.

"흥, 쥐새끼들이 발악을 하는구나."

비웃은 진석두가 두 팔을 뻗었다. 아무 거리낌 없이 그들의 검과 부딪쳐 간다.

그의 손이 날카로운 검과 부딪쳤는데, 쩽! 하는 쇳소리가 났다.

"철포삼!"

두 사내가 크게 놀라 주춤거리는 사이에 고운석이 그대로 몸을 날려 낡은 벽을 뚫고 밖으로 빠져나갔다.

이런 일이 생기면 사전에 그렇게 하기로 미리 약속을 해놓은 것 같았다.

그것을 본 왕팔단이 크게 소리치며 재빨리 고운석의 뒤를 쫓았다.

진석두는 놀랍게도 철포삼(鐵布衫)이라는 외문 무공을 익히고 있었다.

그건 금종조(金鐘罩)와 같이 피부를 극한으로 단련하여 도검을 겁내지 않는 몸을 만드는 것이다.

대성한다면 육신갑(肉身甲)의 경지로 나아갈 수 있고, 한 단계 더 뛰어올라 금강불괴를 이루게 된다.

바로 그것이 외문무공을 지향하는 자들이 꿈에서도 바라는 바이다.

비록 육신갑도 이루지 못했고, 금강불괴에는 더더욱 미치지 못했다고 해도 진석두가 철포삼을 익히고 있다는 건 두 사내를 경악하게 만들기에 충분했다.

도검이 소용없으니 내가중수법으로 기격을 가해야 하는데 두 사내에게는 그럴 틈이 없었다.

육박해 온 진석두의 솥뚜껑 같은 손이 좌우를 동시에 내려쳤던 것이다.

깡!

검을 들어 막자 요란한 쇳소리와 함께 그것이 두 동강이 되어 떨어졌다.

한껏 자신의 본래 모습을 드러내 가공할 힘과 무위를 뽐내는 진석두에게 두 사내는 지레 질리고 말았다.

철퍽, 하는 소리가 나더니 왼쪽에 있던 눈매 날카로운 자가 몽둥이처럼 떨어진 진석두의 손바닥에 머리통을 맞고 비명을 지를 새도 없이 쓰러졌다.

철포삼으로 단련된 그의 손은 그 자체로 쇠몽둥이나 마찬가지였다.

한 번의 가격으로 사내의 머리통을 산산이 부수어놓고 말았으니 그 끔찍함에 홀로 남은 자는 더욱 주눅이 들 수밖에 없다.

불쑥 뻗어나온 진석두의 손이 그런 자의 목덜미를 움켜쥐었다.

욱, 하고 힘을 써서 들어 올리자 사내의 두 발이 허공에 떠오른다.

그리고 밖에서는 기어이 고운석의 비명 소리가 터져 나왔다.

그는 십여 걸음도 채 달아나지 못하고 밤하늘을 찢는 처참한 비명을 터뜨리며 쓰러졌는데, 온몸이 갈기갈기 찢긴 채였다.

마치 생선의 몸 여기저기 칼집을 내놓은 것 같은 형상이다.

왕팔단의 두 자루 짧은 칼이 그렇게 한 것이다.

*   *   *

"뭐야? 연락이 끊어졌어?"

낡은 사당 안에서 카랑카랑한 음성이 흘러나왔다.

노여움이 가득한 매서운 음성이다.

대우진을 하루 거리 남겨두고 있는 산중이었다.

아름드리 소나무 숲 복판에 다 쓰러져 가는 관제묘 하나가 을씨년스럽게 서 있었는데, 그 안에는 몇 사람이 제각기 편한 자리를 찾아 앉아 있었다.

노여움의 소리를 지른 사람은 바로 불견자로 불리는 풍곡양이다.

그의 앞에 꿇어 엎드려 있는 흑의인이 두려움으로 어깨를 파르르 떨었다.

풍곡양의 눈이 더욱 매서워졌다.

"세 놈이 모두 소식이 없단 말이냐?"

"그렇습니다. 십구호를 보내 접선하려 했지만 종적마저 찾을 수 없었다고 합니다."

"이런 병신 같은 것들!"

풍곡양의 노여움은 평소와 같지 않았다.

그의 어투와 얼굴 표정에서 날카롭게 곤두서 있는 신경질이 읽힌다.

곧 무너질 것 같은 낡은 벽에 등을 기대고 눈을 감고 있던 지마 종저허가 잠꼬대를 하듯 중얼거렸다.

"풍 대형, 그를 닦달할 것 없어. 그런다고 상황이 나아지지도 않을 테니까."

"너는 뭐라고 지껄이는 것이냐?"

풍곡양이 신경질적인 반응을 보였다. 그것도 평소와 같지 않은 그의 모습이다.

종자허가 천천히 상체를 세우고 다시 말했다.

"이런 일은 언제든지 생길 수 있는 거라오. 풍 대형도 이미 짐작하고 있었을 텐데? 지금 대우진으로 향하는 사람들이 어디 우리들뿐이겠소?"

"으음—"

종자허의 말은 많은 뜻을 함축하고 있는 것이었다.

풍곡양이 침음성을 흘렸고, 그곳에 있던 사람들 모두 그랬다.

풍곡양이 이처럼 신경이 날카로워져 있는 것도 사실 그것 때문이었다.

제 스스로 길잡이가 되어 고귀한 진소소를 모시고 가는 길 아닌가.

한 치의 실수도, 어긋남도 있어서는 안 된다는 게 그의 굳은 각오였다.

하지만 사방에 적들이 우글거리는 현실이니 지금 같은 일이 일어나는 건 어쩌면 당연한 것이었다.

그걸 알면서도 화가 나는 건 그만큼 날카로워져 있는 신경 탓이기도 하다.

그가 데리고 나온 수하들은 모두 스무 명이었다.

그중에 대우진에 일찌감치 박아놓았던 고운석을 포함해서 세 명이 사라졌다.

죽은 것이라 단정해도 좋을 것이다.

'그렇다면 누가? 어떻게?'

그런 의문을 느끼고 있는 건 이제 풍곡양 한 사람만이 아니었다.

종자허는 물론 우문한도, 가중악도 모두 마음속에 그런 의구심을 갖고 풍곡양 앞에 엎드려 있는 자를 바라본다.

"누구라고 생각하느냐?"

그의 냉엄한 물음에 사내가 다시 어깨를 부르르 떨었다. 감히 모른다고 대답하지 못한다.

풍곡양이 한숨을 쉬고 손을 내저었다.

"가서 알아와라."

"존명!"

사내가 엎드린 채로 조심히 뒤로 물러났다.

"누구든 그게 무슨 상관이오? 누가 감히 풍 대형을 건드릴 수 있겠어?"

종자허의 말 속에는 여전히 빈정거림이 담겨 있다.

하지만 아무도 그것에 신경 쓰지 않았다. 그가 원래 그런 자라는 걸 이제는 우문한까지도 다 아는 것이다.

풍곡양이 종자허를 무시한 채 저쪽 구석에 가중악과 함께 앉아 있는 진소소를 향했다.

"아가씨의 생각은 어떠신지요?"

진소소가 지그시 감고 있던 눈을 떴다. 풍곡양을 바라보는 얼굴에 감정이 실려 있지 않다.

"종 가가의 말이 맞아요. 누가 되었든 신경 쓸 필요 없지요."

"그 말씀은……."

"우리는 이미 목표를 세웠고, 그러니 그걸 이룰 뿐이에요."

다시 눈을 감는다.

풍곡양은 물론 가중악의 얼굴에도 결연한 기색이 떠올랐다. 진소소의 말뜻이 분명했기 때문이다.

무슨 일이 있어도 원하는 걸 얻는다.

그건 곧 장팔봉을 손아귀에 넣는다는 것이고, 그의 입에서 봉명도를 찾을 방법을 알아낸다는 것이다.

아무리 큰 희생이 있어도, 아무리 어려운 일이 있어도 반드시 그렇게 해야만 한다.

진소소는 모두에게 그 말을 한 것이다.

종자허가 다시 등을 기대고 팔짱을 낀 채 눈을 감았고, 우문한은 여전히 무표정한 얼굴로 멍하니 허공을 바라볼 뿐이었다.

그들은 하나같이 대우진에서 벌어질 일에 대한 추측을 하고 있었다.

천화상단이 급하게 움직였다는 게 이미 강호에 널리 퍼졌을 것이다.

그 소식과 상관없이 같은 목적을 가지고 벌써 움직인 자들도 있을 것이다.

어쩌면 자신들보다 앞서서 대우진에 도착했는지도 모른다.

비록 다들 쉬쉬하며 감추고 있지만 강호가 요동을 치고 있는 지금이 아닌가.

만만치 않은 상황이 기다리고 있을 것이라는 일말의 불안과 흥분을 느끼기도 한다.

이런 일에 선뜻 끼어들 만한 배짱을 가진 자라면 그 하나하나가 고수들일 거라는 짐작도 할 수 있다.

"어쩌면 천검보일지도 몰라."

문득 들려온 진소소의 중얼거림이 모든 사람의 정수리에 찬물을 끼얹는 것처럼 쏟아졌다.

*　　　　*　　　　*

그 무렵 천검보의 옥기린 곽서언도 대우진을 하루 거리 남겨둔 산중에서 밤을 보내고 있었다.

짐승의 굴 같은 좁은 동굴 안에 그가 들어 있고, 천검보에서 데리고 나온 서른다섯 명의 수하들은 추적추적 비가 내리고 있는 숲 여기저기에 흩어져 포진하고 있다.

그들은 천검보에서도 가려 뽑은 고수들이었다.

한 명 한 명이 강호에서 일류고수로 꼽히기에 부족함이 없는 자들인 것이다.

그만큼 이목이 남다르고, 느낌이라고 할 수 있는 감각이 예민하게 단련되어 있다.

깊이 잠들었어도 감각만큼은 살아서 언제나 주변의 변화를 감지할 수 있는 자들인 것이다.

한 사람의 느낌이 곧 다른 자들에게 전파될 수 있을 만큼 일치된 호흡을 공유하고 있기도 하다.

그런 자들 속에서 미묘한 기류가 흘렀다.

누구도 말로 전한 자가 없고, 눈짓으로 신호한 자가 없지만 잔잔한 수면에 파문이 이는 것처럼 빠르고 넓게 퍼져 나간다.

은밀한 긴장이 곧 온 숲 가득 안개처럼 퍼졌다.

그런 느낌은 동굴 안에서 운기조식하고 있던 곽서언에게도 그대로 전해졌다.

'뭐냐?'

곽서언이 지그시 감고 있던 눈을 뜨고 가부좌를 풀었다.

손은 본능적으로 곁에 놓아둔 검을 더듬는다.

밖에서 수직(守直)을 서고 있던 자가 그림자처럼 동굴 안으로 스며들어 왔다.

무리들의 우두머리인 오십대의 깡마른 사내인데, 주걱턱에 세 가닥의 수염이 나 있다.

강호에 나가 활동한 지 오래되어 뇌정철검(雷精鐵劍) 전사릉(全賜陵)이라면 그 이름이 대강 남북에 널리 알려져 있기도 했다.

그가 무릎을 꿇고 공손한 모습으로 머리를 조아렸다.

"내침자가 있는 듯합니다."

"내침자?"

누가 감히 천겸보의 검사들이 숙영하고 있는 진 안으로 스며들어 왔다는 것 아닌가.

곽서언이 의아해하는 얼굴로 전사룽을 물끄러미 바라보았다.

철통같은 우리의 경계 속으로 들어올 자가 누구냐고 묻는 눈길이다.

믿을 수 없다는 의미이기도 하다.

전사룽이 더욱 조심스럽게 머리를 조아리며 말했다.

"최대한 내색하지 않고 은밀하게 수색하고 있는 중입니다. 곧 그자를 잡아 대령할 수 있을 것입니다."

"기다리겠다."

곽서언이 그렇게 말하면 그 시간이 불과 향 한 자루 탈 만큼밖에 되지 않는다는 걸 전사룽은 잘 알고 있었다.

그는 의외로 성격이 급한 귀공자인 것이다.

아무리 중요한 약속이 있더라도 상대를 그 시간만큼 기다려주는 일이 절대로 없다.

그리고 그는 냉정하기도 한 사람이었다.

아무리 신뢰하는 수하라고 할지라도 명령을 수행하지 못한 자에 대해서는 추호의 용서가 없다.

그런 사실을 잘 알고 있는 전사룽은 어쩌면 이 일에 자신의 목숨은 물론 명예마저도 걸어야 할지 모른다고 생각했다.

절로 등줄기에 식은땀이 솟는다.

정체불명의 흑의인 네 명.

그들은 아무런 기척도 흔적도 남기지 않았다.

대우진과 이틀 떨어진 거리에서부터 그렇게 은밀히 천검보의 무리들을 미행했는데, 절대로 일백 장 안으로 들어오는 일이 없었다.

그러므로 아직까지 한 번도 천검보 검사들의 촉수같이 예민한 감각에 걸려들지 않았던 것이다.

하지만 이번에는 그렇지 않았다.

무슨 생각에서였던지 그들은 천검보의 무사들이 숙영하고 있는 숲의 경계에서 십여 장 떨어진 곳까지 접근해 들어왔다.

그중 한 명은 이미 경계를 넘어 그들 속으로 파고들어 있었다.

아무리 은신을 잘 했다고 해도 자신의 생기마저 감출 수는 없다.

그것이 천검보의 무사들에게 감지된 것이다.

아직도 그자는 보이지 않았다. 어느 곳에 웅크리고 있는지 누구도 알지 못한다.

하지만 기감을 한껏 끌어올린 천검보의 무사들은 후각이 잘 발달된 사냥개처럼 그 낯선 생기를 쫓고 있었다.

점점 올무처럼 좁혀든다.

'조금만 더.'

어둠 속. 눅눅한 나무 둥치 아래에 그자가 있었다.

밖으로 드러난 나무뿌리의 틈으로 파고들어 가 벌레처럼 납작 엎드려 있는 것이다.

그는 자신을 사방에서 죄어오고 있는 자들의 기척을 낱낱이 파악하고 있었다.

왼쪽에서 다섯 놈.

오른쪽과 뒤에서 각기 세 놈.

그리고 정면에서 발자국 소리를 감추지도 않은 채 함부로 접근해 오고 있는 자가 세 놈이다.

흑건으로 얼굴을 감싸고 있는 사내는 그자들이 자신의 이목을 끌 목적이라는 걸 알았다.

좌우와 뒤에서 은밀히 다가오는 자들의 기척을 제 발소리로 감추어주려는 의도인 것이다.

그래서 함부로 다가오고 있지만 사내의 촉수처럼 예민한 감각은 그 모든 상황들을 눈으로 보듯이 파악하고 있었다.

'조금만 더.'

그리고 기다린다.

이를 악문 채 숨소리마저 멈추었다.

온몸의 기운을 터지기 직전까지 끌어올렸다.

기다리는 것이다. 기습적으로 치명적인 일격을 가할 기회를.

그 기회가 눈앞에 다가왔다.

정면에서 죄어들고 있는 놈들이 열 걸음 앞까지 이른 것이다.

'우웁!'

사내가 격하게 숨을 빨아들였다. 가슴을 크게 부풀린다.

그리고 즉시 엎드려 있던 땅을 박찼다.

콰앙!

그를 가려주고 있던 팔뚝만 한 나무뿌리가 박살나 사방으로 흩어졌다.

무시무시한 기세였다.

그와 동시에 사내의 뒷덜미로 예리한 검기 한 가닥이 파고들었다.

조여오고 있던 자들은 이미 사내의 그런 돌발적인 행동을 예측하고 있었던 것이다.

하지만 그들이 알지 못하는 게 있었다.

바로 사내의 의도가 그렇게 되기를 바라고 있었다는 것을.

그만큼 복면의 사내가 지닌 무위는 천검보의 검사들이 예상했던 것보다 뛰어났다.

"흥!"

냉랭한 코웃음과 함께 사내가 펄럭이는 옷소매를 뒤로 휘둘렀다.

곧 한줄기 맹렬한 바람이 쏟아져 나가고, 그것이 뒤에서 검을 쳐왔던 자의 얼굴을 쓸었다.

"헛!"

대경한 자가 급히 검을 거두며 물러섰다.

그 한 수의 솜씨로 가볍게 암습자를 물리친 복면의 사내가 이내 두 손을 앞으로 힘껏 내뻗었다.

우르릉거리는 기음을 내며 두 줄기 강맹한 경기가 폭사되어 나간다.

그것 또한 의외의 일이었던지라 정면에서 단단히 준비를 하고 달려들던 자들이 흠칫 놀랐다.

이와 같이 위맹한 기격을 쳐낼 수 있는 자라면 흔치 않은 고수일 텐데, 대체 누구일까? 하는 의문이 동시에 모두에게 떠오른다.

그리고 그만큼 움직임이 늦어졌다.

비록 터럭 같은 차이에 불과하지만 고수라고 불리는 자들에게 그건 대문이 활짝 열려 있는 것만큼이나 커다란 틈이 된다.

"이얏!"

복면의 사내가 우렁차게 외치며 거푸 두 손을 번갈아 장력을 때려댔다.

우르릉거리는 소리와 펑! 하고 기격이 터지는 소리가 어지럽게 쏟아진다.

사내를 가로막은 천검보의 검사들도 녹록치 않았다.

사내가 보여준 의외의 무위에 잠시 주춤거렸지만 이내 전열을 가다듬고 좌우 사방에서 예리한 검기를 쳐내기 시작했다.

사내는 사방에서 그물처럼 옥죄어오는 창백한 검광에 온통 감싸인 것처럼 되어버렸다.

금방이라도 온몸이 난자당해 쓰러질 것처럼 위태롭게 보인다.

사내가 전신의 공력을 끌어올렸다.

후웅— 하는 무거운 소리가 나고 그의 옷이 바람을 잔뜩 불어넣은 것처럼 부풀었다.

거기에 실려 있는 호신강기가 사방으로 밀려 나간다.

마치 단단한 석벽을 제 주위에 둘러 쌓은 것 같았다.

예리하고 단단한 검기가 그것을 치고 가르고 쪼개며 쏟아져 들어온다.

짜자작, 하는 요란하고 날카로운 소리가 났다.

"으음—"

그 속에서 답답한 신음성이 흘러나왔다.

사내의 호신지기와 검기의 격돌이 끝나자 아주 잠깐 동안의 정적이 찾아왔다.

사내의 옷은 걸레처럼 찢겨 너풀거리고 있었다.

얼굴을 가리고 있던 복면도 길게 베어져 한쪽으로 흘러내린다.

비로소 사내의 얼굴이 드러났다.

그것을 본 흑의검사들이 모두 의아한 기색을 떠올렸다.

생전 처음 보는 자였기 때문이다.

후덕하게 생긴 오십대의 사내였는데, 볼 살이 늘어졌고 눈썹이 짙었으며 두툼한 입술이 붉다.

대우진의 그 객잔.

만인객잔의 장궤였다.

회계대에 앉아서 언제나 사람 좋은 웃음을 흘리고 있던 그가 이와 같은 고수라는 걸 아는 사람이 아무도 없을 것이다.

천검보의 검사들에게도 마찬가지였다.

그들은 강호의 이름난 고수일 것이라고 생각했기에 낯선 얼굴을 보고 더욱 당황한다.

"잘 놀았다."

장궤가 던지듯 말하고 훌쩍 몸을 날렸다.

"잡아!"

검사들이 급히 몸을 날리려고 하는데 그들의 발아래에 어린 아이 주먹만 한 구체가 뚝 떨어졌다.

장궤가 몸을 날리면서 슬쩍 던진 것이다.

한 놈이 다급하게 소리쳤다.

"폭열탄이다! 피해!"

그 즉시 무리들이 놀란 메뚜기 떼처럼 사방으로 흩어졌고, 쾅! 하는 요란한 폭발음과 함께 화염과 연기가 무섭게 치솟았다.

어둠을 뚫고 쏘아진 살처럼 골짜기를 달려 내려가는 자는 모두 네 명이었다.

흑의에 복면을 쓴 자들의 앞에서 달리고 있던 장궤가 걸음을 멈추었다.

추격은 없다.

숨어들어 갔던 그 숲에서부터 이십여 리 떨어진 골짜기였다.

그를 가운데 두고 세 사내가 둘러서더니 복면을 벗어 던졌다.

모두 만인객잔의 종업원들인데, 주방장과 점소이 두 명이었다.

그들이 잔뜩 긴장해서 장궤를 바라보았다.

"다치신 데는 없습니까?"

주방장이 비로소 안부를 묻는다.

장궤가 제 몰골을 훑어보고 쓰게 웃었다.

"거지도 이런 상거지 꼴이 없군. 이게 뭐야?"

"그래도 정말 다행입니다. 속하들은 홀로 가신 뒤부터 잠시
도 마음을 놓지 못했습니다."

"그래서 내 명령을 어기고 겁도 없이 십 장 밖까지 접근했던
거냐?"

"그건, 그건……"

장궤의 전혀 다른 사람 같은 매서운 눈길에 주방장이 쩔쩔
맨다.

"너희가 그렇게 하지 않았다면 나는 지금도 들키지 않고 숨
어 있었을 것이다. 그랬으면 정말 곽서언 그 애송이의 목을 땄
을지도 모르지."

장궤의 눈빛이 더욱 매서워졌다.

잠시 수하들을 노려보던 그가 한숨을 쉬었다.

"할 수 없는 일이지. 이제 와 너희를 탓한들 뭐가 달라지겠
느냐?"

"죄송합니다. 속하들이 너무 경망스러웠습니다."

장궤는 그들의 마음을 잘 알고 있었다.

상전이 곤경에 처할까 봐 전전긍긍했으리라.

만약의 경우 조금의 힘이라도 되어주려는 생각에 그렇게 한 것이니 무작정 나무랄 수도 없다.

"어쨌든 얻은 건 있으니 소기의 목적은 달성한 셈이지."

"예?"

"천검보의 검사들이 생각 외로 고수들이다. 하나같이 고수 아닌 놈이 없어. 아마도 천검보에서는 이번 일에 전력을 기울인 것 같다."

그들의 솜씨를 알아보기 위해서 일부러 부딪쳐 보았던 것이다.

그래서 장궤의 얼굴은 점점 어두워지고 있었다.

자신의 수하들이 모두 본모습을 철저히 감추고 있는 고수들이지만 그들을 상대할 수 없을 것이라고 생각했기 때문이다.

그런 자들이 무려 서른다섯 명이나 되니 이건 보통 일이 아니었다.

그 정도의 세력이고 무위라면 어지간한 문파 하나쯤은 거뜬히 몰아칠 정도가 되지 않겠는가.

그런 자들이 대우진으로 몰려오고 있으니 과연 누가 그들을 막을 수 있을 것인지 걱정된다.

아무리 손꼽아 보아도 대우진에 숨어 있는 자신들의 세력으로 그들을 막기에는 역부족이었다.

주인으로 모시고 있는 공자 당가휘가 비록 절정의 고수이지만 그 혼자서 천검보의 검사 모두를 상대할 수는 없을 것이다.

게다가 곽서언의 무위가 어느 정도인지는 아직 짐작도 못하고 있다.

사실 그가 위험을 무릅쓰고 천검보의 검사들 속으로 파고든 건 곽서언을 치기 위해서였다.

반드시 그의 목을 취하지는 못한다고 해도 그놈의 무위를 파악할 수 있을 것 아닌가.

그런 다음에 제 한 목숨을 건져서 빠져나오면 작은 성공이라고 할 것이다.

장궤에게는 그럴 자신이 있었다.

제 팔다리 하나쯤 잃을 각오를 한다면 그들의 포위를 뚫고 달아날 수 있다고 믿는다.

그런 다음에 당가휘에게 알려준다면 그가 천검보의 무리를 상대하는 데 큰 도움이 될 것이다.

하지만 고작 검사들의 수준을 시험하고 돌아온 데에 불과하니 불안하다.

그런 생각들 때문에 장궤는 마음이 편치 못했다.

불안감이 밀려들어 입 안이 말라간다.

'여기까지가 내 인생인 거야. 그만하면 만족하지 않은가?'

그런 생각으로 애써 자신의 불안을 떨쳐 버리며 이를 악무는 장궤였다.

第八章

피의 전주곡(前奏曲)

鳳鳴刀
용명도

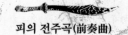

피의 전주곡(前奏曲)

    수십 명의 인간들이 제각각의 복색으로 신분을 감춘 채 대우진에 속속 들어왔다.

    한 무리는 삼장(三莊)의 으뜸인 하남(河南) 낙수장(落水莊)의 무사들이었는데, 열 명이 한 무리가 되어 상인으로 변장하고 있었다.

    그들을 이끌고 있는 자는 노고수로서, 강호에서 십면철권(十面鐵拳)으로 이름 높은 조위풍(趙委風)이다.

    나이 칠십을 바라보는 노인인데 공력의 심후함과 장법의 위맹함이 가히 강호의 일절로 불릴 만했다.

    낙수장의 다섯 장로 중 한 명이기도 한 그가 장주를 대신하여 몸소 고수들을 이끌고 달려온 것이다.

또 한 무리의 사람들은 삼장 중 두 번째로 꼽히는 산동(山東) 우문장(宇門莊)의 무리들이었다.

모두 열다섯 명인데, 그들을 이끄는 자 또한 조위풍 못지않은 고수다.

냉혈도객(冷血刀客) 진천운(陳千雲)이라면 산동뿐만 아니라 강북무림에 쩌르릉 울리는 이름이다.

그리고 몇몇 노고수는 물론 은거했던 괴물들도 각기 천연덕스런 모습으로 대우진 거리를 어슬렁거렸다.

모두가 알 만한 사람들이지만 마주치면 서로 외면하고 모른 척하는 것이 그렇게 하기로 미리 약속이라도 한 것 같았다.

'너의 비밀을 지켜줄 테니 나의 비밀도 지켜다오.'

그런 묵계가 암암리에 형성되어 있었던 것이다.

보물에는 임자가 없다.

먼저 찾는 자가 주인 아니던가. 그게 강호의 법이다.

그 주인이 내가 될지 네가 될지 알 수 없으니 그때까지는 서로 싸우거나 방해하지 말자.

그런 공감대가 금방 형성되었던 것이다.

그들이 원하는 건 대우진 앞을 콸콸거리며 흐르는 저 넓고 거친 황하를 건너는 것이었다.

그래야 설화산에 갈 수 있고, 그래야 거기 어느 골짜기에 있다는 삼절문인지 뭔지 하는 삼류문파를 찾을 수 있기 때문이다.

그곳으로 장팔봉이 찾아올 게 확실하다고 모두는 확신하고 있었다.

그러면 무슨 수를 쓰던지 그놈을 붙잡으려는 것이다.

그렇게만 되면 역시 무슨 수를 써서라도 그놈의 입을 열게 할 자신도 있다.

그러면 봉명도는 내 손에 들어온 것이나 다름없다.

그게 대우진에 꾸역꾸역 모여들고 있는 자들의 공통된 생각이었다.

또 한 무리의 은밀한 자들.

그들은 며칠 전부터 진소소 일행의 뒤를 쫓고 있었다. 감시의 눈을 번뜩이지만 결코 자신들의 정체를 드러내지 않는다.

바로 이보 중 한 곳인 천룡보의 고수들이었다.

보주인 진천패왕 왕가경의 밀명을 받고 급히 보를 빠져나온 열 명의 추적조다.

그들을 이끌고 있는 자는 날카로운 인상에 호리호리한 중년의 사내였다.

천룡보의 은밀한 일을 도맡아 처리하는 자라 강호에는 그의 진면목이 알려지지 않았다.

그러나 천룡보 내에서는 암영사신(暗影死神)을 모르는 자가 없었다.

그의 진면목을 본 자가 극히 드물어도 암영사신이라는 별호와 함께 최곡도(崔曲陶)라는 이름은 진동했던 것이다.

그러면서도 누구나 쉬쉬하는 건 그 이름을 떠올리는 것조차 두려워하기 때문이다.

그 암영사신 최곡도가 지금은 평범한 나그네가 되어서 길가에 주저앉아 있었다.

오고 가는 사람과 차마가 끊이지 않는 번잡한 대로변이다.

저쪽에서 봇짐을 진 사내 하나가 성큼성큼 다가왔다.

누가 보든 장사꾼 이상도 이하도 아닌 그런 몰골이다.

그자가 최곡도와 두어 장의 거리를 두고 털썩 주저앉았다.

무어라고 투덜거리는 것이 아마 손해를 본 모양이다.

영락없이 피곤한 다리를 쉬어가려는 것처럼 보인다.

하지만 최곡도의 귓속으로는 그자의 말이 흘러들고 있었다.

모기가 귓가에서 앵앵거리는 것 같은 전음이다.

"뭔가 일이 벌어지고 있는 모양입니다. 불견자 풍곡양의 수하들이 급하게 움직이고 있습니다."

"무슨 일이지?"

"지금 그걸 알아보고 있는 중입니다. 곧 소식이 있을 것입니다."

"우리 쪽에 대해서는?"

"아직 그들은 아무 눈치도 채지 못하고 있습니다."

"좋아. 기회를 엿본다. 사냥개들이 흩어지면 주인 혼자 남는 법이지."

최곡도의 말이 끝나자 저쪽에 앉아 쉬고 있던 사내가 슬며시 일어났다.

최곡도에게는 눈길 한 번 주지 않고 휘적휘적 지나간다.

"기회가 의외로 빨리 오는 건가?"

최곡도가 히죽 웃으며 중얼거렸다.

앞쪽에서 누군가 천화상단의 힘에 도전하는 모양이니 그렇다.

진소소를 지키는 네 명의 막강한 호위들이 흩어질 게 뻔하지 않은가.

그러면 진소소를 낚아챌 기회가 온다.

최곡도는 거기까지가 저의 임무라고 생각했다.

그 다음 일에 대해서는 모른다. 알고 싶은 생각도 없다.

그러나 그는 풍곡양의 능력에 대해서 너무 모르고 있었다.

"켁!"

뒷덜미를 가격당한 사내가 새된 신음을 흘리며 비틀거렸다.

조금 전 최곡도에게 은밀하게 보고하고 급히 떠났던 자다.

"어허, 이 사람. 그러게 술 좀 작작 마시라고 했잖아. 대낮부터 이게 무슨 추태야?"

혀를 끌끌 차며 사내를 부축하는 자 또한 장사꾼 복장이었다.

다정한 친구라도 되는 듯이 늘어지는 자를 부축해서 끌고 간다.

그의 뒷덜미를 가격해 간단히 사로잡은 자는 살곡의 인물이었다.

그가 늘어진 자를 끌고 급히 숲 속으로 들어가는데 아무도 그런 그의 행동을 의심하지 않았다.

누구라도 술 취한 친구를 잠시 한적한 곳에서 쉬게 하려는 모양이라고 여길 만큼 사내의 행동이 극히 자연스러웠던 것이다.

숲 속에는 날카롭게 생긴 두 사람이 기다리고 있었다.

마혈을 제압당한 자는 땅에 눕혀진 채 눈을 멀뚱멀뚱 뜨고 그들을 바라보았다.

왜 그러는지 영문을 모르겠다는 천연덕스런 얼굴이었다.

하지만 그런 연극에 속아 넘어갈 자들이 아니다.

"흐흐, 끝까지 우리의 이목을 속일 수 있을 줄 알았겠지?"

강퍅해 보이는 자가 품에서 한 자루 얇고 예리해 보이는 소도를 꺼내 들었다.

그것을 본 사내의 눈에 비로소 두려움이 떠오른다.

소도를 꺼내 든 자가 눈짓을 하자 한 놈이 재빨리 사내의 아혈마저 점해 버렸다.

아무것도 묻지 않았다.

털어놓으라고 강요하지도 않았다.

강퍅하게 생긴 자는 마치 소를 잡고 가죽을 벗기는 도살업자 같았다.

콧노래를 흥얼거리며 사내의 얼굴 가죽을 벗겨내기 시작하는데, 손끝에 조금의 망설임도 없었다.

예리한 칼이 서걱서걱 살과 가죽 사이로 파고드는 소리가 머릿속에 가득 울린다.

그 공포와 고통 때문에 사내는 미칠 것 같았다. 비명조차 지를 수 없으니 더욱 그렇고, 온몸이 마비되어 움직일 수 없으니 더더욱 그렇다.

차라리 의식이라도 잃었으면 좋으련만 지나친 고통은 오히려 그의 의식을 퍼득퍼득 살아 날뛰게 했다.

장난을 치듯 날카로운 칼날이 오른쪽 눈가에 맴돈다.

사내의 얼굴은 이미 사람의 그것이 아니었다.

벌건 살과 흰 지방질이 그대로 드러났고, 옅은 피가 그 위를 덮어가고 있다.

사내의 표정을 드러내는 건 이제 오직 두 눈뿐이다.

그중 하나.

오른쪽 눈두덩을 예리한 칼이 천천히 파고들기 시작했다.

'끄아악!'

사내는 그 지독한 공포와 고통 때문에 목이 터져라고 비명을 질렀지만 입 밖으로는 아무 소리도 흘러나오지 못했다.

그래서 더욱 가슴이 터질 것 같다.

후딱 해버리면 좋으련만 강퍅해 보이는 자는 즐기고 있었다. 천천히 눈알을 파내니 그 공포와 고통이 극한으로 치닫는다.

사내는 조금 전까지도 제 것이었던 눈알이 강퍅한 자의 손바닥 위에 놓여 있는 걸 하나뿐인 눈으로 보았다.

더 똑똑히, 더 잘 보라는 듯 그자는 손바닥을 사내의 얼굴

앞에 대고 흔들기까지 했다.

그 위에서 데굴데굴 굴러다니는 자신의 눈알.

사내는 차라리 미쳐 버리고 싶다고 간절히 원했다. 그것이 제 입 안으로 굴러 들어왔기 때문이다.

억지로 사내의 입을 벌린 자가 눈알을 집어넣어 주더니 다시 억지로 입을 다물게 한다.

퍼석, 하고 입 안에서 터지는 그것의 끔찍한 소리와 느낌.

사내의 퀭하게 뚫려 버린 동공에서 피가 쏟아졌다.

남아 있는 한 개의 눈에서는 뜨거운 눈물이 콸콸 흘러내린다.

아직도 끝난 게 아니다.

강퍅한 자의 칼이 이번에는 사내의 가슴으로 파고들었다.

심장 부근을 간질이듯 왔다 갔다 한다.

"잘 봐둬. 눈을 파냈듯이 이번에는 네놈의 심장을 파내줄 테니까. 흐흐—"

지옥에서 들려오는 것 같은 끔찍한 속삭임.

"그래도 죽지는 않을 거야. 힘줄이며 혈관은 그대로 달려 있게 해줄 테니까 말이다. 어때? 고맙지? 가슴에 매달려 덜렁거리는 네 심장을 네 눈으로 볼 수 있는 기회가 이번 말고 또 있겠어?"

'끄으으—'

사내의 얼굴. 그곳의 벌건 살덩이가 푸들푸들 경련을 일으켰다.

'제발, 제발 무엇이든 물어봐 줘!'

악을 쓰며 애원하지만 말이 되어 나오지 않는다.

"그런데 우리 아직 통성명도 하지 않았구나? 음. 이거 실례를 범했군. 내가 나이를 먹다 보니 정신이 오락가락해서 말이야."

강퍅한 자가 칼을 멈추더니 미안하다는 듯 쓴 입맛을 다셨다.

"나는 활귀호라고 하네. 자네 이름은 뭐지? 이름을 알아야 나중에라도 자네 가족에게 소식을 전해줄 수 있을 거 아니겠어?"

'커헉! 활귀호 장약명!'

사내의 하나뿐인 눈에 더 큰 공포가 가득 번졌다.

활귀호(活鬼狐) 장약명(張翡明).

강호에 전설처럼 떠도는 이름이었다.

고문의 달인이라는 말로 불리기도 하고, 무자비한 도살자라고 불리기도 한다. 지옥의 야차라는 수사도 붙어다닌다.

누구도 그의 손에 걸리면 한나절을 버티지 못한다는 게 전설처럼 전해지는 강호의 소문이었다.

돌부처도 예외는 아니어서 활귀호 장약명의 손에 떨어지면 그가 원하는 걸 죄다 토해낼 수밖에 없다고 하는 말을 모르는 자가 없다.

그 활귀호 장약명의 손에 걸렸다는 게 사내를 급격하게 위축되게 했다.

지금까지의 고통과 공포는 아무것도 아닐지 모른다는 두려움이 사내의 이성을 마비시킨다.

그는 마구 제 이름을 소리쳤다. 그의 하나뿐인 눈이 그것을 말해준다.

강퍅한 자, 활귀호 장약명이 소도로 제 이마를 툭툭, 쳤다.

"이런, 내 정신이라니, 쯧쯧—"

뒷전에 물러서 있던 자들에게 버럭 소리친다.

"아, 뭐 하고 있어? 이 친구의 아혈을 풀어줘야 할 거 아냐? 말을 하고 싶어도 할 수 없으니 이 불쌍한 친구가 얼마나 답답하겠어?"

한 놈이 즉시 달려와 사내의 아혈을 풀어주었다.

그 즉시 사내의 입에서 울음 반 아우성 반인 괴기한 소리가 쏟아져 나왔다.

"저, 저의 이름은 장우칠입니다! 어르신께서 더 알고 싶으신 게 있으면 어서 말씀하십시오!"

"응? 장 씨였어? 어허, 나하고 같은 성이로구먼 그래. 이런, 이런. 진작 말해줬으면 손속에 조금은 인정을 베풀었을 거 아니냐고. 쯧쯧, 미련한 친구 같으니."

정말 안되었다는 듯, 불쌍하다는 듯 바라보며 혀를 찬다.

그게 사내, 장우칠을 더 미치게 했다.

"어르신, 제발 무엇이든 좋으니 물어봐 주십시오. 소인이 알고 있는 건 죄다 말씀드리겠습니다. 그런 다음에 소원 하나만 들어주십시오."

"그래? 뭔데?"

"고통 없이 그저 깨끗하게 죽여만 주십시오."

"음, 착한 녀석이었구나."

그래서 장우칠은 주절주절 제가 알고 있는 것들을 남김없이 털어놓기 시작했다. 묻지 않는 말들까지도 그렇다.

그리고 그의 소원대로 깨끗하고 빠르게 죽었다.

*　　　*　　　*

"좋아, 먼저 성가신 꼬리를 떼어낸다."

불견자 풍곡양이 결연하게 말했다.

그 앞에 두 손을 모으고 공손하게 서 있는 자는 활귀호 장약명이었다.

그가 더욱 공손하게 머리를 숙였다.

"삼가 명을 받듭니다."

뒷걸음치던 그가 소리없이 사라지고 나자 풍곡양이 히죽 웃었다.

싸늘한 죽음의 냄새가 물씬 배어 있는 웃음이다.

"누가 해보겠어?"

지마 종자허와 우문한을 돌아보며 건넨 말이다.

가중악은 언제나 진소소의 곁에 붙어 있으니 상관하지도 않겠다는 투다.

그의 임무는 진소소의 안전을 책임지는 것이다.

그녀가 위험에 처하지 않는 이상 태산이 무너진다 해도 눈 하나 깜짝하지 않을 것이다.

그게 가중악이라는 걸 모두가 다 알고 있다.

종자허가 졸립다는 듯 하품을 하고 나서 늘어지게 기지개를 켜더니 느릿느릿 말했다.

"차라리 그냥 나에게 하라고 그래. 그게 솔직하지 않겠어?"

"썩을 놈."

풍곡양이 매섭게 쩨려보지만 종자허는 태연했다.

천천히 몸을 일으킨다.

"그럼 우문한 이 친구에게 시킬 생각이었어? 그가 비록 우리와 동행하고 있지만 아직도 외인이야."

"끄응—"

풍곡양의 속마음은 종자허보다 우문한을 충동질하려는 것이었다.

그가 비천혈도로 불리는 절세적인 고수라는 건 소문으로 익히 들어 알고 있지만 한 번도 그의 실제 솜씨를 본 적이 없기 때문이다.

그래서 내심 우문한이 나서주었으면 하고 바랐는데, 그는 꿈쩍도 하지 않았다.

할 수 없다는 듯 풍곡양이 어깨를 으쓱하고 나서 종자허를 바라보았다.

"너 혼자서 할 수 있겠느냐?"

"흐흐, 그럼 풍 대형이 조금 도와주시려오?"

"썩을 놈."

"그것 봐. 도와줄 것도 아니면서 걱정하듯 말하는 건 가식이
잖아."

"……."

"나는 말이지. 풍 대형이 솔직한 인간이 되는 걸 보고 싶어.
죽기 전에 말이야. 그게 내 소원이거든."

"어서 꺼져라."

풍곡양이 잔뜩 눈살을 찌푸리고 손을 내둘렀다.

종자허가 다른 사람에게는 말 한마디 없이 오직 진소소를
향해 애틋한 눈길을 한 번 던지고 뚜벅뚜벅 밖으로 걸어나갔
다.

내내 침묵하고 있던 진소소의 낮은 음성이 그의 어깨에 내
려앉았다.

"종 가가, 조심하세요."

종자허가 흠칫 걸음을 멈추었다.

어깨가 감격으로 부르르 떨린다.

                    *   *   *

"큭!"

"크윽!"

두 마디의 답답한 신음성이 어둠 속에 흩어졌다.

그리고 털썩, 쓰러지는 두 사람의 덧없는 몸뚱이.

목이 깊게 베여 쩍 벌어져 있다.

찰칵!

마병으로 불리는 기이한 단검.

혈낭아(血狼牙)가 종자허의 소매 속으로 사라지며 경쾌한 소리를 냈다.

허공에 뿌려졌던 그것의 시리도록 창백한 빛이 흔적없이 사라진다.

"이제 다섯 놈이 남았나?"

우울한 음성이 그 빛을 따라 어두운 허공중으로 느릿느릿 퍼져갔다.

지마 종자허는 활귀호 장약명이 가져온 정보에 따라 천룡보의 암영사신이라는 놈을 뒤쫓고 있는 중이었다.

장약명의 정보는 한 치의 어긋남도 없이 정확했다.

기막힌 변장을 한 채 여기저기 흩어져 암약하고 있는 자들의 종적이며 거처가 낱낱이 드러난 이상 사신은 이제 지마 종자허였다.

불쑥 찾아온 그의 유혼마륜(幽魂魔輪)에 맞설 자가 없었고, 목젖으로 파고드는 혈낭아의 서늘한 기운에서 벗어날 자가 없었다.

마병은 그 자체의 기이한 위력으로 그런 이름을 얻은 게 아니었다.

종자허의 손에 들려 있기 때문에 마병이 된 것이다.

그것이 비록 젓가락 한 개라 해도 마찬가지였을 것이다.

한 사람.

음울하고 창백한 얼굴의 병든 서생 같은 자가 버드나무가 줄지어 있는 언덕 위에 서 있었다.

멀리에서도 그의 우울한 분위기가 느껴진다. 그의 한탄하듯 하는 숨결이 와 닿는 것 같다.

그래서 천룡보의 사신으로 불리는 암영사신 최곡도는 의아했다.

대체 저런 몸으로 쌀쌀한 이 가을 아침에 왜 나와서 돌아다니는 거야? 하는 불만과 함께 동정심도 생긴다.

누가 보든 영락없는 낙척서생이었다.

과거 시험에 떨어지고, 사랑마저도 잃어서 넋이 나간 것 같기도 했고, 몸에 병이 깊어 고민하며 괴로워하는 자 같기도 했다.

속으로 혀를 찬 최곡도는 세상에 저런 자들이 어디 한둘이겠는가, 하고 생각했을 뿐 크게 신경 쓰지 않았다.

그는 지금 바쁘게 서두르고 있는 중이었다.

수시로 보고를 해오던 수하들에게서 갑자기 소식이 뚝, 끊어졌기 때문이다.

지난밤부터의 일이었다.

최곡도는 그 원인을 알지 못해 한잠도 자지 못하고 이리저리 수하들을 찾아다니고 있는 중인데 아무도 만나지 못했고, 어떤 흔적도 찾아내지 못했다.

모두가 밤사이에 연기처럼 어디론가 날아가 버린 것 같다.

대체 이게 어떻게 된 일인지 알 수 없어 어리둥절할 뿐만 아니라 마음이 초조해져서 판단력이 흐려졌다.

그렇지 않으면 이렇게 불길한 느낌을 무시하고 터벅터벅 버드나무 언덕 아래를 지나갈 리가 없다.

그가 막 언덕 아래에 이르렀을 때 그 위에서 낙척서생의 음울한 말소리가 들려왔다.

"찾아도 찾는 건 보이지 않고 길은 여기서 끊어졌으니 참으로 무상한 게 우리네 인생이라는 거지. 우리는 대체 무엇을 찾아다니고, 이 길 끝에는 과연 무엇이 있는지 알고 살아가는 걸까?"

'응?'

머리 위에서 들려오는 그 음울한 음성에 최곡도는 가슴이 철렁했다.

마치 저를 두고 하는 말 같았기 때문이고, 조롱하는 것 같았기 때문이다.

'저놈이?'

그가 매서운 눈으로 노려보는데, 그 병서생은 물끄러미 허공을 바라보기만 할 뿐, 최곡도를 보지 못한 것 같았다.

그가 다시 중얼거렸다.

"어찌 사람뿐이겠는가. 하늘을 나는 저 새도 그렇고, 땅 위를 걷는 짐승도 그렇고, 흙 속의 벌레도 다름없지. 무엇인들 제 한치 앞을 내다보고 살아가는 게 있으랴. 한 걸음 앞이 죽음인 줄도 모르고 제 일에 쫓겨 정신없이 달려가는 인생이 불쌍할 뿐이로다."

어찌 들으면 무언가 통찰력이 깃든 말 같기도 했지만 최곡
도는 서생이 저를 놀린다고 생각했다.

아니면 무언가 알고 있는 놈일지도 모른다.

잠시 쏘아보던 최곡도는 그냥 지나가지 못하고 기어이 언덕
위로 발길을 돌렸다.

이십여 걸음을 사이에 두고 마주 서자 비로소 병서생의 음
울한 눈길이 천천히 옮겨왔다.

물끄러미 최곡도를 바라본다.

지마로 불리는 종자허였다.

최곡도가 머리를 갸웃거렸다.

그의 눈길을 받자 비로소 무언가 불길한 느낌이 들었기 때
문이다.

'내가 어디서 봤던가?'

그런 생각이 떠오르는데 아무리 애써도 도대체 누구인지 알
수가 없으니 답답하기도 하다.

지마 종자허의 파리한 입가에 엷은 미소가 떠올랐는데 비웃
는 것 같기도 했고, 제 처지를 동정하는 쓸쓸한 웃음 같기도 했
다.

"당신은 나와 초면인데 이렇게 나를 찾아왔으니 무슨 볼일
이 있어서인 거요?"

그의 말에 최곡도가 퍼뜩 정신을 차렸다.

'내가 이게 무슨 어이없는 짓이람.'

그런 자책을 하면서도 쉽게 떠나지 못하는 건 무언가 수상쩍다는 의구심 때문이었다.

"너는 누구냐?"

"종자허."

"종자허?"

최곡도의 머릿속이 멍해졌다.

그는 그 이름을 익히 알고 있었다. 그 외에도 가중악과 풍곡양, 우문한이 진소소를 호위하고 있다는 걸 잘 아는 것이다.

하지만 지금 그는 바보가 된 것 같았다.

잠깐 무엇에 홀린 것도 같다. 그래서 종자허라는 이름을 듣고 고민하고 있었다.

어디에서인가 들어본 것 같은 이름이라는 생각이 가득할 뿐, 그 이름의 의미가 어떤 건지, 그 이름의 주인이 어떤 자인지 하나도 생각나지 않는다.

마치 종자허의 저 무심하고 공허한 시선에 사로잡혀 그 마저도 그렇게 되어버린 것 같다.

그런 최곡도의 머릿속에 다시 종자허의 음울한 음성이 웅웅 울리며 파고들었다.

"당신의 인생이 여기가 끝이라는 걸 짐작인들 해보았소?"

"뭐라고?"

"나도 마찬가지라오. 나는 늘 내 인생이 한 걸음 앞에서 끝나기를 바라지. 그럴 것이라고 굳게 믿는 거야."

"……."

"하지만 매번 나의 짐작은 틀리고 말아. 그래서 아직까지도 죽지 못하고 이렇게 살아 있으니 대체 인간은 무얼 얼마나 알고 살아가는 것일까? 그렇지 않소?"

"종자허라, 종자허, 종자허……."

최곡도는 그의 말을 듣지 않고 있었다.

그 이름만 자꾸 중얼거리는 건 떠오르지 않는 제 생각에 대한 안타까움 때문이었다.

그리고 어느 한순간, 갑자기 그것이 떠올랐다.

우르르르―

머리 위에서 산이 무너지는 것처럼 요란한 굉음을 내며 쏟아져 내린다.

종자허(琮慈虛).

지마(地魔).

"헉!"

최곡도의 얼굴이 한순간에 사색으로 변했다.

지나친 놀람으로 멍해진다.

"종자허라고 했지? 당신이 바로 그 지마 종자허란 말인가?"

저 병서생 같은 모습이야말로 강호에서 종자허를 대변해 주는 그만의 독특한 풍모다.

그걸 익히 들어 알고 있었으면서도 이제야 생각해 낸 자기 자신을 저주하게 된다.

종자허가 느릿느릿 다가왔다.

스무 걸음이던 것이 열 걸음 사이로 좁혀졌을 때에야 최곡도는 이성을 완전히 되찾았다.

그가 더 이상의 어리둥절함이나 놀람 없이 자기 본연의 냉정한 모습으로 돌아와 버티고 섰다.

두 팔을 넓은 옷소매 속에 찌르고 있는 건 적을 맞을 때 보여주는 그만의 독특한 모습이다.

그는 소매 속에 항상 여섯 자루의 유엽비도를 감추고 있었는데, 그게 그의 전부라고 해도 과언이 아니었다.

소리도 없이 쏘아져 나가는 비도.

번쩍이는 빛마저도 감춘 채 어둠처럼 다가서는 그것 앞에서 얼마나 많은 고수들이 변변히 저항도 못해보고 목숨을 잃었던가.

그래서 강호에서는 그의 비도를 추혼흑비(追魂黑匕)라고 불렀다.

그는 소매 속에 집어넣은 두 손으로 팔목에 두르고 있는 그 추혼흑비를 더듬고 있었다.

한 개씩을 만지작거리던 손가락이 두 개를 더듬는다.

틈이 엿보이는 즉시 네 개의 추혼흑비를 한꺼번에 던져낼 셈인 것이다.

그걸로 종자허의 숨통을 끊어놓을 수 있다는 자신감이 생겼다.

제 몸처럼 익숙한 비도가 손가락을 통해 느껴지자 비로소 마음이 놓인다.

열 걸음이면 추혼흑비는 한 치의 어긋남도 없이 제가 노리는 표적에 꽂힐 것이다.

그 위험한 거리를 두고 마주 선 종자허의 두 손도 옷소매에 덮여 있었다.

그는 두 팔을 축 늘어뜨리고 있었는데, 최곡도는 한순간도 그의 옷소매에 덮여 있는 두 손에서 눈을 떼지 못했다.

그 안에 마병으로 불리는 유혼마륜과 혈낭아가 감추어져 있다는 걸 잘 알기 때문이다.

강호의 소문은 종자허의 두 손이 소매 속에서 나오면 어김없이 한 사람의 목숨이 지옥으로 떨어진다고 했다.

그때가 언제일지 기다리는 시간은 피가 마르는 시간이다.

그래서 최곡도는 더 이상 기다리지 못했다.

"네가 한 짓이냐?"

수하들의 실종이 종자허의 짓이라고 굳게 믿는다.

과연 종자허가 머리를 가볍게 끄덕였다.

질끈 입술을 깨물었던 최곡도가 버럭 소리쳤다.

"그렇다면 죽엇!"

외침과 동시에 의외에도 옆으로 훌쩍 뛴다.

종자허가 그를 놓치지 않기 위해 고개를 틀었을 때 옷소매 속에 들어 있던 최곡도의 두 손이 뻗어나왔다.

활짝 펼쳐진다.

그리고 거의 같은 순간에 종자허의 두 손도 그랬다.

쨍, 하고 오른손에서 혈낭아가 솟아나오는 경쾌한 소리가 들렸다 싶었는데 허공에 희고 창백한 빛이 가득해졌다.

바람을 가르는 소리도 없이 유혼마륜이 그의 왼손을 떠난 것이다.

그건 최곡도가 튕겨낸 네 자루의 유엽비도 역시 마찬가지였다.

파공성을 뒤에 둔 채 기척도 없이 네 방위를 점하고 박혀든다.

따라랑—

허공에 연거푸 낭랑한 울림소리가 걸렸다.

제를 지내는 노승이 손에 든 요령을 울리는 것 같은 소리이기도 하다.

유혼마륜이 눈에 보이지도 않을 속도로 좌우로 가볍게 움직였고, 두 자루의 추혼흑비가 그것에 부딪쳐 허공으로 튕겨져 나간 것이다.

그리고 종자허의 몸은 제가 던져낸 유혼마륜을 뒤쫓듯이 맹렬하게 앞으로 쏘아져 나가고 있는 중이었다.

그가 가볍게 휘두른 혈낭아가 역시 한 개의 추혼흑비를 두 쪽으로 갈랐다.

그리고 나머지 한 개는 종자허의 가슴 깊숙이 박혀들었다.

최곡도의 눈이 흔들렸다.

귀신처럼 쇄도하는 종자허의 신법 때문이고, 소리만 듣고서도 자신의 비도 세 자루가 소용없게 되었다는 걸 알았기 때문이다.

하지만 한 자루는 소리가 없다.

최곡도는 그것이 종자허의 숨통에 콱 박혀주기를 간절히 바랐다.

번갯불이 번쩍, 한 것 같은 순간의 일이고, 그 순간에 떠오른 생각이었을 뿐이다.

서걱.

최곡도는 움직여야 한다고 생각했다.

제 귀에 들리는 끔찍한 그 소리가 제 목젖이 끊어지는 소리라는 걸 들으면서도 생각은 그렇게 엉뚱한 곳을 달리고 있었던 것이다.

'혈낭아…….'

비로소 떠오르는 생각. 그의 눈이 목젖을 치고 빠져나가는 굽고 흰 한 자루의 소도를 좇았다.

창백하다. 그리고 섬뜩하다.

그것이 종자허의 소매 속으로 빨려들 듯 사라지는 걸 똑똑히 본다.

쿵―

그의 몸이 이슬에 젖어 축축한 땅에 던져질 때도 그의 눈은 종자허의 소매 속으로 사라지는 혈낭아를 좇고 있었다.

그렇게 또 한 생명이 덧없이 사라졌다.

그것을 슬프게 여기는 것인지, 안타까워하는 것인지 종자허의 눈에 눈물이 비친 것 같았다.

길게 탄식한 그가 걸음을 떼어놓으려다가 비틀, 하고 흔들렸다.

"쿨럭, 쿨럭―"

허리를 꺾고 심한 기침을 하는데, 그때마다 선혈이 토해져 땅을 붉게 적셨다.

오른쪽 가슴 깊이 박혀 있는 한 자루의 비도에 폐가 상한 것이다.

후아, 하고 가쁜 숨을 내쉰 종자허가 허리를 폈다. 그의 창백하던 얼굴이 더욱 창백해져 있었다.

회칠을 한 시체 같다.

옷자락을 들추고 가슴을 더듬은 그의 손이 자루만 남아 있는 비수를 잡았다.

이를 악물더니 천천히 그것을 뽑아낸다.

그 지독한 고통에 정신이 아득해지련만 그의 얇은 입술에는 자조적인 웃음이 떠오르고 있었다.

"이미 망가질 대로 망가져 버린 허파다. 비수 하나쯤 꽂혔다고 해서 더 나빠질 것도 없지."

그래도 상처에서는 울컥울컥 선혈이 솟구쳐 나왔다.

그것을 꽉 누른 채 그가 비틀비틀 언덕을 내려가기 시작했다.

그렇게 피의 전주곡(前奏曲)은 대우진을 하룻길 남겨놓은 곳에서부터 시작되고 있었다.

第九章

황룡(黃龍)의 진노(震怒)

鳳鳴刀
봉명도

황룡(黃龍)의 진노(震怒)

쾅!

문짝이 요란한 소리를 내며 부서져 나간다.

"웬 놈이냐!"

객방 안에 있던 자들이 크게 놀라 뛰어 일어났다.

문 앞에 세 사람이 버티고 서 있다.

당가휘와 왕팔단, 그리고 거구의 텁석부리 사내 진석두였다.

객방 안에는 다섯 명이 탁자를 가운데 두고 둘러앉아 무엇인가를 상의하고 있는 중이었다.

세 사람은 산동 우문장의 고수들이었다.

그들 중에 냉혈도객으로 불리는 진천운이 있다.

그리고 마주 앉은 두 사람은 하남 낙수장의 고수들이었다.

십면철권 조위풍을 대신해서 찾아온 자들이다.

강호의 삼장 중 두 곳의 인물이 한자리에 모여 있었던 것이다.

언제나 서로 잡아먹지 못해 으르렁거릴 뿐, 물과 기름처럼 어울리지 않았던 그들 삼장의 인물들 아닌가.

그런데 지금 대우진에서는 은밀히 합석하여 회동하고 있으니 어쩌면 삼장이 생긴 이래 처음으로 서로 손을 잡으려는 것인지도 모른다.

그렇다면 그것이 강호에 던질 파장을 무시할 수 없다.

만일 삼장이 서로 연합하고 이보가 가세한다면 패천마련에서 그것을 두고 보지 않을 게 뻔하기 때문이다.

지금까지의 침묵을 깨고 그들이 다시 질풍처럼 강호를 휩쓸어갈지 모른다.

그렇게 되면 강호에 다시 한 차례 혈풍이 몰아치고 혈우가 쏟아질 것이다.

패천마련과 무림맹 간의 싸움보다 더 심각해질 수 있는 상황이 오는 것이다.

"무슨 일이냐?"

가운데 자리에 앉아 있던 냉혈도객 진천운이 점잖은, 그러나 불쾌하다는 기색이 깃들어 있는 음성으로 물었다.

자신이 우문장을 대표하는 위치에 있으니 최대한 위엄을 지키려는 노력이 엿보인다.

그들을 한차례 휘둘러 본 당가휘의 입가에 비웃음이 매달렸다.

번쩍이는 눈빛이 좌중을 압도한다.

장팔봉과 어울려 시시덕거릴 때의 그 당가휘가 아닌 것이다.

그가 거만하기 짝이 없는 말투를 던졌다.

"대우진은 내 영역이다. 나에게 허락도 받지 않고 모의하는 걸 용납할 수가 없지."

"뭐라고?"

"귓구멍이 막힌 모양이로군. 나는 한 번 한 말을 다시 하지 않아."

"허—"

냉혈도객 진천운이 어이없다는 얼굴로 물끄러미 당가휘를 바라보았다.

철없는 하룻강아지라고 여겼을 것이다.

아무리 봐도 저자를 휩쓸고 다니는 건달패 이상으로는 보이지 않으니 그럴 만도 하다.

젊은 혈기 하나 믿고 저러는 놈들이 어느 저자에나 흔하지 않던가.

"너는 내가 누구인지 아느냐? 오늘 이 자리가 어떤 자리인지 알고 이런 무례를 저지른 것이냐?"

"내가 굳이 알아야 할 필요가 있나?"

"하—"

한숨을 내쉰 진천운이 귀찮다는 듯 손사래를 쳤다.

"모르고 한 짓이라니 이번 한 번은 눈감아주겠다. 얌전히 돌아가라. 그러면 아무 일도 없을 거야."

진천운으로서는 한껏 노여움을 억누르며 최대한의 자비를 베푼 것이었다.

낙수장의 고수들 앞에서 저의 의젓함을 과시해 보이려는 의도이기도 하다.

그러나 당가휘 패거리는 감격하지 않았다.

왕팔단이 앞으로 나서며 날카롭게 소리쳤다.

"나는 말이야, 남의 집 개새끼가 내 집에 들어와서 짖는 꼴은 못 봐주거든."

"뭐라고?"

"패 죽인 다음에 푹 삶아서 먹어버려야 속이 시원해진다 이 말씀이야."

더 이상의 말은 필요치 않다.

진천운이 탁자를 내려치며 소리쳤다.

"철없는 것들이라고 봐줄 필요 없다!"

그 말에 우문장의 고수 둘이 즉시 검을 뽑아 들고 쳐들어갔다.

낙수장의 두 고수는 손님의 신분인지라 개입하기 꺼려진다는 듯 뒷전으로 물러선다.

"이놈들이 짖기만 할 뿐 아니라 남의 개밥까지 훔쳐 먹으려고 하는구나!"

눈을 부라린 왕팔단이 즉시 품에서 짧은 두 자루의 칼을 꺼

내 맞섰고, 이런 일이 벌어지기를 기다렸다는 듯 진석두도 옷
소매를 말아 올리고 나섰다.

캉!

한 놈의 검이 왕팔단의 엇갈린 두 자루 칼에 가로막히며 불
똥을 날렸다.

의외로 호리호리한 왕팔단의 완력이 굳세었던지 그놈이 엇?
하고 놀란 소리를 냈다.

그리고 진석두에게 가로막힌 또 한 놈 역시 마찬가지였다.

카캉!

그의 몸을 내려친 검에서 마치 쇠를 긁는 것 같은 소리가 났
다.

쉬앙—

그리고 진석두의 떡메 같은 주먹이 곧장 머리통으로 떨어진
다.

"철포삼!"

진천운은 물론 뒷전으로 물러섰던 낙수장의 두 고수도 그렇
게 소리쳤다.

놀란 눈을 휘둥그레 뜨고 진석두의 무식하게 생긴 얼굴과
몸뚱이를 바라본다.

'이건 장난칠 일이 아니다!'

진천운의 머릿속에 번갯불처럼 그런 생각이 스쳐 지나갔을
때, 쩽, 하고 검을 뽑는 경쾌한 소리가 났다.

당가휘였다.

"우리도 놀아봐야지?"

그가 난장판이 되어버린 방 한복판으로 성큼 들어섰다. 진천운을 노린다.

강호에서의 명성이 이미 명숙의 반열에 올랐다고 자부하는 진천운으로서는 수치스런 일이었다.

하지만 목전에 닥쳐드는 검을 무시할 수는 없다.

"하룻강아지들이 감히 죽을 곳인지 살 곳인지 모르고 날뛰는구나!"

버럭 외친 그가 급히 칼을 뽑아 후려쳤다.

캉! 하는 요란한 소리와 함께 불똥이 눈을 어지럽게 하며 흩날린다.

'응?'

당가휘의 일검을 받아친 진천운이 눈을 부릅떴다. 의외에도 그가 자신의 내력이 실린 칼을 견뎠기 때문이다.

아니, 그의 검에 실려 있는 기운이 팔목을 타고 스며들어 오히려 제 가슴이 은은히 저려오기까지 한다.

'이놈은 보통 놈이 아니다!'

그런 생각과 함께 퍼뜩 정신을 차린 진천운이 칼에 더욱 내력을 불어넣으며 즉시 자신의 성명절기인 다섯 초의 풍쇄도법(風碎刀法)을 펼치기 시작했다.

급하고 맹렬하기로 이름난 도법이다.

그것이 펼쳐지자 좁은 방 안에 윙윙거리는 칼바람 소리가 가득해졌고, 번쩍이는 칼 빛에 눈이 부셨다.

그 위세에 왕팔단과 진석두의 싸움은 저절로 구석으로 옮겨가게 된다.

그들은 저자의 날건달이라고 믿어지지 않을 만큼 잘 싸우고 있었다.

강호의 삼장 중 한 곳인 우문장의 두 노련한 고수를 상대하면서 조금도 밀리지 않는다.

오히려 싸움이 계속될수록 솜씨가 더욱 매서워지는 것 같다.

그래서 한쪽 구석에 물러서 있는 낙수장의 두 고수는 자신들도 끼어들어야 할지, 조금 더 지켜봐야 할지 판단하기 어려웠다.

그들이 그렇게 망설이는 게 당가휘 일행에게는 절호의 기회였다. 반대로 진천운과 그 무리에게는 소리없이 사신이 다가서고 있는 셈이었다.

쾅!

요란한 소리와 함께 벽에 구멍이 뻥 뚫렸다. 그 충격으로 건물이 움찔거린다.

진석두의 빗나간 주먹이 그렇게 한 것이다.

그 놀라운 힘에 그를 상대하던 야윈 자가 주춤거렸다.

이를 박박 갈아대면서 진석두는 미친 소처럼 돌진할 뿐인데 그걸 저지할 방법이 야윈 자에게는 없었다.

검을 두려워하지 않고 저렇게 무서운 주먹을 날려대니 점점 기가 죽을 뿐이다.

사정은 왕팔단을 상대하고 있는 통통한 자도 마찬가지였
다.

한주먹 거리밖에 안 되어 보이는 놈의 솜씨가 어찌나 매섭
고 날렵한지 도대체 정신을 차릴 수가 없었다.

두 자루의 짧은 칼이 쉴 새 없이 눈앞에 어른거리니 더욱 그
렇다.

왕팔단은 병장기의 짧음을 자신의 빠른 몸놀림과 발로 충분
히 보충하고 있었다.

사내의 검격 사이를 요리조리 빠져나가며 한사코 품으로 파
고들어 단검을 휘둘러대는 솜씨가 눈부시다.

그래서 통통한 자는 제 동료와 마찬가지로 기가 질려가고
있었다. 마음껏 검법을 펼치지 못한다.

수하들의 그런 상황이 너무 의외라 진천운 또한 당황하기는
마찬가지였다.

대우진의 저자에 기생하는 놈들이라고 생각했던 자신의 판
단을 증오한다.

'이놈들은 예사 고수가 아니다!'

뒤늦게나마 그런 사정을 파악했으니 다행이기는 한데 이미
기회를 되찾기에는 늦어버리고 말았다.

당가휘의 검법은 명가의 솜씨였다.

통성명을 하고 당당하게 맞서서 겨루었다고 해도 자신이 반
드시 이긴다고 장담할 수 없다.

그런 사실을 받아들여야 하는 상황에 진천운은 화가 나기도

하고 두려워지기도 했다.

이름도 알려지지 않은 놈으로 인해 자신의 평생은 물론 강호에서의 명성마저 깨져 버릴지 모른다는 불안감이 스멀스멀 밀려들었던 것이다.

객잔 안에서 그처럼 치열한 격전이 벌어지고 있을 때 대우진의 부두에서는 또 다른 싸움이 절정을 향해 치닫고 있었다.

한사코 부두를 가로막고 있는 자들은 장팔봉을 강 건너로 태워다 주었던 사공들이었다.

모두 십여 명인데, 노를 놓고 칼과 도끼, 유성추며 쇠도리깨 같은 무기를 들었다.

그들은 잘 훈련된 병사들 같았다.

여기저기에 죽은 동료들의 시체가 널렸고, 곁에서 죽어가는 자가 생겨도 두려움없이 제자리를 지키며 용감하게 싸운다.

목이 떨어지고, 가슴에 구멍이 뚫려도 결코 뒤로 물러서지 않았다.

죽는 순간까지도 그 자리를 지키겠다는 의지를 보여준다.

두 발을 굳게 딛고 비틀거리다가 제자리에 그대로 쓰러지는 것이다.

그들을 몰아치고 있는 자들은 제각각 모여든 서른 명 남짓한 강호의 고수들이었다.

함부로 아우성을 치고 고함을 지르며 각자 병장기를 휘두르고 육장을 날리는데, 마치 철천지원수를 대하듯 조금의 사정도 손속에 남겨두지 않았다.

하나하나 고수 아닌 자가 없다.

사공들도 평소의 그들이 아니었다.

감추고 있던 무위를 남김없이 드러내자 모두가 일류고수의 위맹함을 보였던 것이다.

하지만 그들만으로는 수적으로도, 실력에 있어서도 작심하고 달려드는 강호의 고수들을 상대하기에는 역부족이었다.

그런 불리함을 한 몸인 것처럼 단합된 마음과 투철한 사명감으로 채워 나가고 있다.

그들은 최후의 한 사람이 죽을 때까지 이 부두를 지키려는 게 분명했다.

단 한 척의 배도 뜨지 못하게 하려는 것이다.

그 처절함이 하늘에 닿았던지, 잔뜩 흐려 있던 하늘이 드디어 비를 퍼부어대기 시작했다.

갈수록 빗방울이 굵어져서 이제는 한여름의 폭우처럼 쏟아진다.

그것이 땅에 고여 있는 핏물을 씻어내고, 누런 강에 흘러들어 황하를 붉게 물들여간다.

그 빗속에서 더욱 처절한 아우성과 비명, 고함 소리들이 끊이지 않고 들려왔다.

지옥도 같은 그 광경 위로 번갯불이 번쩍, 하고 지나갔다.

이내 뇌성벽력이 천지에 진동한다.

"대체 저놈들의 정체가 뭘까요? 왜 저토록 처절하게 부두를 지키려고 하는 걸까요?"

대우진에서 가장 높은 오층의 누각 지붕 위에 여섯 사람이 비를 고스란히 맞으며 서 있었다.

안광을 번쩍이며 저 아래의 처절한 싸움을 낱낱이 지켜보고 있다.

밤처럼 어두워진 하늘과, 폭우조차도 그들의 안광을 가리지는 못했다.

삼장 중 유일하게 아무 움직임도 보이지 않았던 세 번째 장원.

호남(湖南)의 흑룡장(黑龍莊)에서 나온 자들이다.

중앙에 서서 신광이 이글거리는 눈으로 대우진의 싸움을 뚫어져라 바라보는 검은 수염의 육십대 노인.

위풍이 그 누구보다 당당했으며 검은 얼굴에 서려 있는 기운이 그 누구보다 강렬해 보였다.

비록 낡은 옷을 입고 죽립을 써서 용모를 가렸지만 그의 기세는 만인을 압도할 만했다.

쏟아지는 폭우마저 그 위세에 놀란 듯 그의 주변에 이르러서는 주춤거리는 것 같다.

삼장의 세 번째로 꼽히는 흑룡장의 장주인 호남신권(湖南神拳) 양광추(楊光追)였다.

흑룡장에서는 아무도 모르는 사이에 장주가 직접 장 내의 다섯 고수를 이끌고 나온 것이다.

소수였고, 그만큼 은밀함을 유지할 수 있었기에 누구도 그들의 존재를 눈치채지 못했다.

변장을 하고 한 명씩 흩어져서 따로따로 대우진에 들어온 터라 더욱 그렇다.

흑룡장의 오신(五神)으로 불리는 다섯 명이 지금은 한자리에 모여 아무 거리낌 없이 자신들을 드러내고 있었다.

그건 그만큼 이 쟁탈전에서 승리할 확신이 섰다는 것이기도 하다.

흑룡장주 양광추가 머리를 끄덕였다.

"대단한 놈들이군. 저렇게 충성심 깊은 수하들을 거느릴 수 있는 자가 누구인지 정말 궁금하다."

말투에 존경의 염마저 깃들어 있다.

그만큼 부두를 사수하며 싸우고 있는 뱃사람들의 용맹이 감동적이었던 것이다.

열 명이 남았던 것이 지금은 고작 네 명이 남아서 서로를 의지하며 싸우고 있었다.

온몸에 크고 작은 상처가 무수히 나 있어서 오래 버틸 수 있을 것 같지 않다.

죽음이 목전에 닥쳤건만 그들 중 동요하는 자는 한 명도 없었다.

오히려 더욱 큰 용기를 내어 서로를 북돋우며 칼을 휘둘러

내려치고, 도끼로 눈앞의 적을 찍어댄다.

그들을 급박하게 몰아붙이고 있는 강호의 무리들은 그래서 더욱 화가 나 있었다.

자신들의 이 비열한 행동에 대한 부끄러움 때문이었다. 그러므로 그들의 분노는 자기 자신에게 향한 것이기도 하다.

그래서 더욱 잔혹하고 무자비해진다.

쾅!

핏물로 온몸이 붉게 젖어 있는 한 노인의 일장이 사공 한 명의 가슴에 작렬했다.

진흙을 짓밟은 것처럼 가슴이 뭉개졌으면서도 그는 최후의 순간까지 두 발에 힘을 주고 버텼다. 결코 뒤로 밀려나지 않는다.

그리고 그 자리에서 피를 쏟으며 고꾸라졌다.

그 장렬함이 남아 있는 세 명의 피를 끓게 했다. 분노로 목청껏 외치는데, 분함이 지나쳐 통곡하는 소리와도 같았다.

"형제들이여, 우리의 소임은 여기까지다! 이제 때가 되었다! 다들 저승에서 다시 만나자!"

한 명이 번들거리는 칼을 번쩍 들어 올리며 그렇게 악을 썼다. 그 소리가 대우진의 어두운 하늘에 울려 퍼진다.

그리고 세 명의 사내는 한 덩이가 되어 앞으로 달려나갔다.

여태까지 지키고만 있던 수세적인 자세에서 돌연 공세적인 자세로 바꾼 것이다.

마지막 발악이기도 하다.

궁지에 몰린 쥐는 고양이에게 달려든다. 악이 두려움을 없애주었기 때문이고, 죽음을 각오했으니 더 이상 무서울 게 없기 때문이기도 하다.

세 사내의 저돌적인 돌격이 그와 같았다.

그들을 협공하던 무리가 주춤하는 것 같았다.

하지만 결과야 이미 정해진 것 아니던가.

쥐가 아무리 독기를 품은들 고양이의 목덜미를 물어 죽일 수는 없다.

"가자!"

세 사내가 거의 동시에 온몸이 찢겨 쓰러지는 걸 본 호남신권 양광추가 낮게 외치고 훌쩍 몸을 날렸다.

그를 따르는 다섯 사람의 신형이 마치 커다란 독수리가 날개를 펴고 비행하는 것처럼 허공으로 솟구쳤다.

부두에는 크고 작은 배 대여섯 척이 정박해 있었는데, 사공은 찾아볼 수 없었다.

갑자기 벌어진 이 끔찍한 일에 놀라 죄다 달아난 것이다.

이십여 명의 강호인들 중 노를 저을 줄 아는 자는 극히 드물었다.

잔잔한 강에서 뱃놀이를 할 때 노를 저어봤던 경험은 이런 험한 물굽이 앞에서는 아무런 도움도 되지 않는다.

삼문협을 돌아 나오며 거센 물결이 많이 약화되었다고 해도 대우진 앞의 황하는 으르렁거리며 꿈틀거리는 황룡(黃龍) 같았다.

어지간한 뱃사람 아니고서는 배를 띄울 엄두조차 내지 못한다.

기다리다 못해 무작정 부두로 달려나온 군웅들은 그 거친 물살 앞에서 망연자실해졌다.

비까지 퍼붓듯 쏟아지고, 바람이 거세져서 황하는 금방 뒤집히기라도 할 것처럼 요동치고 있었다.

집채만 한 파도가 넘실거린다는 바다가 이럴까, 싶을 정도다.

평소에 담력깨나 있다고 자부하던 자도, 물가에서 나고 자랐다는 자도 그 앞에서는 사색이 될 뿐이다.

그들이 어쩔 줄 모르고 우왕좌왕하며 저희들끼리 무어라고 고함을 질러대고 있을 때 여섯 개의 그림자가 그들의 머리 위를 뛰어넘어 작은 거룻배 위에 가뿐하게 내려섰다.

한 명이 검을 뽑아 닻줄을 자르기 무섭게 두 명이 좌우에서 노를 잡고 배를 밀어 나아간다.

사람들이 어? 어? 하고 놀란 소리를 내며 바라보는 잠깐 사이에 그들을 태운 배는 벌써 넘실거리는 황하의 누런 파도를 타고 이십여 장 저쪽으로 멀어지고 있다.

떠오르고 가라앉는 것이 가랑잎 같아서 금방이라도 박살이 나거나 뒤집힐 것 같은데, 노를 젓고 있는 두 사람은 용케도 그 위기를 잘 넘기고 있었다.

완력이 일반 사공과 비교할 수 없이 굳세고, 노를 젓는 솜씨조차 수룡을 희롱하는 조사(釣士)처럼 능숙하기 짝이 없었다.

그들을 알아본 누군가가 크게 소리쳤다.

"호남신권 양광추다!"

"흑룡장의 오신이 모두 나왔다!"

군웅들은 그제야 그들이 왜 이 무서운 물굽이를 아랑곳하지 않고 배를 띄웠는지 이해할 수 있었다.

바다처럼 넓은 동정호를 무대로 삼고 있는 흑룡장이니 그 안의 모든 사람이 하나하나 훌륭한 뱃사람인 것이다.

위태롭게 흔들리는 뱃머리에 굳건하게 서서 비바람에 옷자락과 수염을 나부끼고 있는 자가 양광추라는 걸 알아본 사람들의 얼굴에 하나같이 주저하는 기색이 떠올랐다.

삼장 중의 한 곳인 흑룡장의 장주가 이렇게 몸소 나왔을 줄은 아무도 몰랐기 때문이다.

게다가 흑룡장을 대표하는 오신을 대동하고 있으니 그 명성만으로도 군웅들을 위축시키기에 충분했다.

그러나 불처럼 타오르는 욕심은 곧 그들의 경계심을 눌러버렸다.

"우리도 가자!"

누군가 외치며 몸을 날려 배 하나를 차지하자 뒤질 수 없다는 듯 다른 자들도 우르르 몰려들었다.

각기 크고 작은 배를 차지하고 닻줄을 끊어버린다.

적으면 서너 명, 많으면 대여섯 명씩 나누어 탄 배들이 일제히 파도 위로 떠올랐다.

그중 노를 저을 수 있는 자는 젖 먹던 힘을 다해 노를 저어대고, 그렇지 못한 자들은 제 운명을 노 젓는 자에게 맡긴 채 가슴을 졸인다.

그렇게 부두를 떠나간 여섯 척의 배들 중 제일 먼저 작은 거룻배 한 척이 뒤집어지고 말았다.

그 배에는 노를 저을 줄 아는 자가 아무도 없었던 것이다.

넘어오는 파도에 당황하여 한쪽으로 사람들이 쏠리면서 배가 중심을 잃고 처박혔는데, 우지직 하는 요란한 소리가 났다.

집채만 한 파도에 맞아 깨져 버린 것이다.

거기 타고 있던 네 명이 비명을 지를 새도 없이 누런 물굽이 속으로 사라져 버렸다.

그것을 본 다른 배의 군웅들은 제 일처럼 진저리를 쳤다.

공포가 엄습했지만 이제는 배에서 내릴 수도 없는 형편이었다.

파도가 제멋대로 나룻배들을 희롱하며 벌써 강 복판으로 밀어가고 있었던 것이다.

어른 키보다 높은 파도가 쉴 새 없이 넘실거린다.

그러한 것을 처음 경험하는 자들은 사색이 되어서 뱃전을 붙잡고 덜덜 떨기만 할 뿐 달리 대책이 없었다.

제아무리 고강한 무공을 지닌 자도 이 급하게 노여워하는 누런 물 앞에서는 하찮은 미물에 지나지 않았다.

으르렁거리는 파도 소리에 귀가 먹먹해지고, 뱃전을 두드려 대는 그것의 힘에 혼백이 달아날 지경이다.

다들 그저 새파랗게 질린 얼굴로 뱃전에 처박혀 벌벌 떨 뿐 비명을 지르지도 못했다. 그만큼 큰 두려움으로 아예 넋이 나갔던 것이다.

그러는 동안 다시 두 척의 배가 서로 부딪쳐 산산조각 났고, 그곳에 타고 있던 십여 명의 무리들이 돌덩이처럼 가라앉아 버렸다.

누런 파도가 그들을 꿀꺽, 삼켜 버린 것 같다.

누가 봐도 그건 미친 짓이었다.

자살하려고 작정하지 않은 다음에야 저렇게 무모할 수가 없다.

막 부두에 도착한 당가휘는 어이가 없었다.

그의 온몸은 피에 젖어 있었고, 빗물에 흠뻑 젖어 있었다. 옷자락에서 뚝뚝 떨어지는 물방울들이 붉다.

그건 왕팔단도 진석두도 마찬가지였다.

부두에 널려 있는 사공들의 처참한 주검을 바라보면서 노여움으로 치를 떨며 이를 박박 갈아댄다.

"잘한다! 뒈져 버려라! 몽땅 황하의 제물이 되어버려라!"

진석두가 발을 구르며 저주를 퍼부었고, 왕팔단도 그렇다.

그들의 저주가 통했던지 다시 한 척의 배가 파도에 눌리더니 영영 떠오르지 않았다.

그곳에 타고 있던 두 사람이야 말할 것도 없다.

이제는 각기 두 사람씩 타고 있는 두 척의 나룻배가 남았을 뿐인데, 그곳에 있는 자들은 하나같이 노 젓기에 능숙했다.

제법 높은 파도를 타며 꿋꿋하게 나아간다.

그러나 그와 같은 용감함과 서두름이 그들의 사신이었다.

뒤따르는 배가 앞섰던 흑룡장의 배에 가까워지자 그것을 본 오신 중 한 명이 품에서 뇌화탄 한 개를 꺼내더니 화섭자를 뽑아 심지에 불을 붙였던 것이다.

치지직, 하고 늘어진 심지가 얼마간 타 들어가기를 기다렸던 자가 그것을 힘껏 던졌다.

쾅!

요란한 폭발음과 함께 한 척의 배가 박살났다.

마침 파도를 타고 높이 솟구쳐 올랐던 때라 폭음과 함께 터져 나간 파편들이 하늘 높이 치솟는다.

"으음, 저건 정말 피도 눈물도 없는 놈들이다."

멀리서 그것을 지켜본 당가휘가 침음성을 흘렸다.

제가 아무런 원한도 없이 냉혈도객 진천운을 죽인 것도, 그리고 이름도 알지 못하는 낙수장의 두 고수를 찔러 죽인 것도 저와 같은 흑룡장의 만행에 비하면 아무것도 아니라는 생각이 든다.

"배를 꺼내!"

당가휘가 버럭 소리쳤다.

그 즉시 진석두가 부두 끝의 헛간으로 달려갔다. 거기 한 척의 쾌선을 숨겨두고 있었던 것이다.

당가휘가 다시 왕팔단에게 명령했다.

"석두와 내가 먼저 강을 건넌다. 너는 만인객잔의 생존자들을 이끌고 건너와라. 서둘러!"

"존명!"

왕팔단이 급히 빗속으로 달려 사라지는 걸 보면서 당가휘는 부드득 이를 갈았다.

"어떤 놈도 우리 수라신교의 보물에 손을 대지 못할 것이다."

수라신교.

패천마련의 마종 무극전과 백무향에 의해 이야기되었던 그 은밀한 이름이 지금 이곳, 대우진이라는 작은 나루에서 엉뚱하게 다시 거론된 순간이었다.

잠시 후 진석두가 한 척의 날렵하게 생긴 쾌선을 저어왔고, 훌쩍 몸을 날린 당가휘를 태우기 무섭게 뱃머리를 틀어 그 흉흉한 황하 한복판으로 향했다.

진석두의 완력은 타고난 것인데다가 노 젓는 솜씨 또한 입신의 지경에 이르렀다고 할 만했다.

한 번 노를 밀어낼 때마다 쾌선은 그 거친 파도와 험한 물살을 가르며 쭉쭉 뻗어나갔다.

파도 위에 남겨진 흰 자국이 사라지기 무섭게 새로운 자국이 생긴다.

파도마저도 진석두의 그런 완력과 솜씨에 질린 듯 절로 갈라져 길을 터주는 것 같았다.

아니면 진노하여 이 누런 강물을 요동치게 하는 황룡이 그들에게만은 도하를 허락해 주는 것인지도 모른다.

第十章

누가 적이고 누가 동지냐?

鳳鳴刀
봉명도

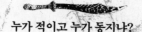
누가 적이고 누가 동지냐?

수라문(修羅門)이 있다.

일천 년도 넘는 역사를 가지고 있는 사문이지만 그 강령이 은밀함을 제일로 삼았기에 세상에는 알려진 바가 거의 없었다.

하지만 그들의 신통력은 감추려고 해서 감추어질 수 있는 게 아니었다.

인간의 생사와 화복을 다루는 신통함이 신과 어깨를 겨눌 만했고, 무신(武神)의 고향이 있다면 바로 그곳이 아닌가 싶을 만큼 무학이 심오했다.

골짜기와 골짜기를 훌훌 날아 건너고, 높은 산을 숨 한 번에 넘어가며, 호랑이와 곰을 순한 양처럼 부리는 그들의 존재에 대해서 세상 사람들은 놀람을 넘어 경배하기 시작했다.

날이 갈수록 그들을 추종하는 자가 많아지더니 언제부터인가 수라문은 하나의 교(敎)가 되었다.

종교란 신도들이 있어야 종교로서의 가치를 인정받는다.

하지만 이제 수라신교(修羅神敎)라고 불리게 된 그들, 수라문의 제자들은 교세를 불리기 위해 어떠한 노력도 하지 않았다.

다만 자신들의 계율을 더욱 엄격히 지키고, 궁핍을 피해 찾아온 사람들을 돌보아주었을 뿐이다.

병든 자들은 그들의 신통력을 받아 치유되었으며, 갈 곳 없는 자들은 그들의 보살핌 속에 터전을 이루었다.

그들과 함께하는 삶에는 다툼이 없었다.

수라신교의 가르침이 모든 사람을 하나 되게 해주었기 때문이다.

복지와 평화가 온전히 실현되는 곳.

그래서 수라신교는 억압받고 쫓기는 모든 사람들의 안식처이자 낙원이 되었다.

그러니 그곳이 기련산의 깊은 골짜기 속에 숨어 있었지만 세상에 알려지지 않을 수 없다.

그처럼 평화로운 곳인데 이름을 악귀를 대변하는 아수라(阿修羅)에서 따온 건 의아한 일이었다.

아수라는 악신(惡神)들을 총칭하는 의미를 띠고 있지 않은가.

범어(梵語)에서 비롯된 이 말의 어원은 페르시아에 있었다.

배화교, 명교로 불리다가 마교로 전락하여 핍박받고 끝내 사라져 버린 '조로아스터교'에서 찾아볼 수 있는 것이다.

그 말은 신격(神格)을 뜻하는 것인데, 인도의 고대 신들 중 '바루나나 미투라'를 일컫는 말이기도 하고, 신을 의미하는 '아후라 마즈다'를 뜻하기도 한다.

그러므로 '아수라'란 원래 인간계를 총괄하는 천신의 이름이었던 것이다.

그러나 〈아수라〉라는 이름은 지금 부정적인 의미로 사용되고 있다.

온갖 선신(善神)들에 대항하는 악신(惡神)의 대명사가 아니던가.

그럼에도 그들이 굳이 그 이름을 택한 건 자신들의 뿌리가 조로아스터교에 있다는 걸 잊지 않기 위해서였다.

수라신교의 제자들이 강호에 나와 활동하는 일이 극히 드문데에도 그러한 사정이 있었다.

강호에서 마교로 불리며 배척받았던 선조의 일을 아직 잊지 않고 있기 때문인 것이다.

부득이하게 강호에 나갈 일이 있다고 해도 그들은 은밀함을 제일의 미덕으로 쳤다.

그래서 누구도 그들이 강호에 나왔다가 돌아간 것을 알아채지 못했다.

그들은 존재하지만 실체가 없는 신령한 존재들인 것 같았다.

그리고 언제부터인가 강호에는 또 다른 은밀한 말이 생겨나 조금씩 퍼져 나가기 시작했다.

—수라신경을 얻으면 천하제일의 고수가 된다. 수라신교의 모든 힘이 그 신경 안에 들어 있기 때문이다.

그 소문은 헛된 야욕에 사로잡혀 일생을 허우적거리며 살아 가는 강호의 무리들 모두에게 꿈과 같은 것이었다.

누군들 천하제일이라는 말 앞에서 태연할 수 있을 것인 가.

천하제일의 고수가 되면 부귀와 공명이 저절로 따라온다.

그 어떤 기진이보(奇珍異寶)보다 더 고귀하고 탐나는 명예인 것이다.

있는 듯 없는 듯 존재하던 수라신교는 바로 그 소문 때문에 깨지고 말았다.

얼마 전의 일이었다.

그리고 지금 그것은 세상에서 완전히 사라진 것 같았다.

일천여 년의 존재감이 사람들의 뇌리에서 지워지는 데는 백 년도 채 걸리지 않았던 것이다.

하지만 아직 그 존재를 기억하고 있는 몇 명의 사람들.

그들에 의해서 강호는 풍전등화의 위기로 내몰리고 있었다.

왜 그런 건지도 알지 못한 채 어리석은 무리들은 오직 수라 신교의 극히 적은 한 부분에 지나지 않는 보물을 찾아 서로 죽고 죽이기 시작한 것이다.

그 중심에 장팔봉이 있었다.

*　　　*　　　*

폭우는 밤새 쏟아졌다.

설화산 기슭에 있는 삼절문이라고 예외가 될 수 없다.

그 폭우 속에서 장팔봉은 홀로 우뚝 서 있었다.

마당에 빗물이 개울을 이루고 콸콸 흘러내리지만 개의치 않는다.

온몸이 비에 젖어 물에 빠진 것처럼 되었어도 상관하지 않았다.

그는 자신을 잃어버린 사람이 된 것 같았다.

뚫어지게 허공을 응시하는 두 눈에 잡념이 사라졌고, 허공의 한 점을 가리키고 있는 몽둥이 끝에도 그렇다.

대청 위에는 왕 노인이 곰방대를 물고 앉아 있었다. 조는 것 같기도 하다.

고개가 덜컥 들리자 노인이 제풀에 깜짝 놀라 눈을 떴다. 그리고 버럭 소리 지른다.

"다 한 거냐?"

장팔봉에게서는 대답이 없었다. 듣지 못한 것 같다.

그를 멍한 눈으로 바라보던 왕 노인이 다시 스르르 눈을 감았다. 고개를 끄덕거리며 존다.

그러기를 얼마쯤, 다시 화들짝 놀라 눈을 뜬 왕 노인이 멋쩍은 기침을 하고 나서 또 소리쳤다.

　"다 했냐니까?"

　장팔봉은 여전히 대답이 없었다. 대신 그의 눈빛이 한결 매서워졌다.

　획—

　몽둥이 끝에 맺혀 있던 빗방울을 털어버리듯 가볍게 떨더니 한 걸음을 내딛었다.

　철벅, 하고 흙탕물이 튀었다. 그리고 장팔봉의 춤이 다시 시작되었다. 몽둥이로 대신하는 칼춤이다.

　삼절도법이었다.

　첫 번째인 춘풍래천 여덟 개의 초식을 시작으로 하여 풍우생지를 지나고 마지막 세 번째인 자연양인까지 이십사 변이 모두 끝났다.

　하지만 여전히 그의 몽둥이는 허공을 가리켰다.

　거두지를 못한다.

　그리고 다시 긴 부동의 시간이 흐른다.

　게슴츠레한 눈으로 반은 졸며 그것을 바라보던 왕 노인이 입가의 침을 닦고 혀를 찼다.

　"쯧쯧, 도대체 발전한 게 뭐냐? 밤새 그러고 있어도 맨 그 타령이구면. 그만둬라. 어여 잠이나 자자."

　"사부님."

　"왜?"

"이상하지 않습니까?"

"이상하지."

"알고 계셨군요?"

"알았지."

"그런데 어째서 여태까지 숨기고 있었던 겁니까?"

그 말에 왕 노인이 파하, 하고 한숨을 쉬었다.

"이놈아. 대체 똑같은 말을 몇 번이나 거듭해야 만족할 셈이냐? 벌써 골백번도 더 묻고 대답했다. 에잉—"

그랬다.

지난 저물녘부터 이 새벽에 이르기까지 장팔봉과 왕 노인 사이에는 그 질문과 대답 같지 않은 대답이 계속되고 있었던 것이다.

이제는 지겨울 만도 하련만 장팔봉은 여전히 처음 묻는 것처럼 물었다.

그에게는 매번이 처음 묻는 것과 같았다.

그의 온 정신이 삼절도법에 쏠려 있었기 때문이다.

제 혼을 불어넣어서 전심전력을 다해 한 번 펼치고 나면 혼란에 빠져 멍해졌다.

그러면 그 문답을 또 꺼내는 것이다.

삼절도법은 꿈속에서도 완벽하게 펼칠 만큼 몸에 익었다고 자부했다.

이제는 사부가 저에게 배워야 할 것이라고 으스대지 않았던가.

그런데 지금은 그렇지 않았다. 전혀 다른 도법인 것처럼 낯설기만 하다.

그 낯설음이 장팔봉을 밤새도록 놓아주지 않고 있었다.

집요하기라면 누구보다 지독한 장팔봉이 아니던가.

한 번 마음에 깃든 의문은 반드시 풀어야만 속이 시원해진다.

그렇지 않으면 몇 날 며칠이라도 그것에 매달려 다른 일을 잊는다.

그런 그에게 삼절도법의 마지막 초식인 자연양인의 제팔 변화기동천(和氣同天)은 풀 수 없는 숙제였다.

그러니 화가 났다가 이제는 오기가 생겼다.

반드시 내 손으로 사라진 네 번째 초식을 살려내고, 그래서 사문의 이름마저 사절도법의 사절문으로 바꾸고 말겠다고 결심한다.

한다면 하고야 마는 게 장팔봉이다.

고집의 장팔봉이고 집념의 장팔봉인 것이다.

오기가 그의 힘이라는 걸 그를 겪어본 사람은 다 안다.

그런 제자의 성질을 누구보다 잘 아는 왕 노인은 걱정스러웠다가 이제는 짜증이 났다.

그래서 똑같은 고함을 지른다.

"이 미련한 놈아! 그렇게 말귀를 못 알아들어? 내가 벌써 몇 번이나 말해줬느냐? 네 번째 초식은 사라지고 없다고 말이야! 앙!"

"왜요?"

"그것도 벌써 지겹게 말해줬다. 에휴, 이제 그만 하자."

"수라신경을 찾아야만 네 번째 초식으로 넘어갈 수 있단 말이지요?"

"잘 아네."

"봉명도는 그럼 뭡니까? 그것도 알고 보면 우리 삼절문의 물건이라고 할 수 있는 것 아닙니까? 그런데 왜 여태까지 거기에 대해서는 한마디 말도 없었던 거지요?"

"흘흘, 결국 알게 되지 않았느냐? 다 이렇게 진행될 일이었던 게야."

"도대체 얼마나 많은 비밀을 감추고 있었던 겁니까? 내가 알던 그 사부님이 맞습니까?"

"흘흘, 내가 알던 그 장팔봉이 지금의 네가 맞느냐?"

"이런 염병할."

"이놈아, 아는 게 많아지면 그만큼 인생이 복잡해지느니라. 적게 알수록 살기 편한 거야. 정 알고 싶으면 꼭 알아야 할 만큼만 알고 나머지는 때가 되기를 기다리는 게 현명한 일이지."

네가 알아야 할 것은 그것까지이니 더 묻지 말라는 말이다.

장팔봉은 사라진 마지막 초식을 저 혼자서는 되살릴 수 없다는 걸 알았다.

그래도 포기하지 못하는 건 집요함 때문인데 사부의 말로 미루어보아 수라신경을 찾기 전에는 그 집요함도 아무 소용이 없는 게 분명하다.

그가 포기할 기색을 보이자 왕 노인이 기쁜 마음에 선물 하나 던져 준다는 듯이 불쑥 말했다.

"어쨌든 일이 이렇게 되었으니 반드시 봉명도를 찾아라. 그러면 해결될지도 모른다."

"예?"

"그 안에 들어 있는 봉명삼절도법이야 무시해도 좋아. 하지만 봉명심법만은 반드시 네가 얻어야 한다."

"……."

"세상에 전해지는 소문으로는 봉명삼절도법이 천하무적의 절세적인 신공절학이라고 하지. 흥, 웃기는 일이야. 내가 그래서 소문이라는 걸 믿지 않아."

"아니란 말입니까?"

"네가 봉명도를 얻고 거기 새겨져 있는 도법을 보게 되면 저절로 알 것이다."

"아니라는 말이군요."

"그게 바로 네가 조금 전까지 미친 듯이 복습했던 바로 그 세 가지 도법이거든."

"예?"

엉뚱한 소리다. 그래서 어이가 없기도 하고 어리둥절해지기도 한다.

"미끼인 거지."

"누구를 낚기 위한 미끼란 말입니까?"

"바로 너."

"예?"

"너는 멍청한 놈이니까 그렇게 말해주면 언뜻 이해를 못하겠지. 바로 수라신교의 절세신공을 물려받을 오직 한 놈을 끌어들이기 위한 안배란 말이다."

"그게 나란 말인가요?"

"세상에서 나 말고 삼절도법을 너처럼 완벽하게 익힌 놈이 또 있냐?"

없다. 그건 자신있게 말할 수 있다.

"이 나이에 내가 그 빌어먹을 봉명도를 찾아 나서리?"

그것도 말이 안 된다.

"그러니 너밖에 없는 거야. 네가 반드시 그것을 찾아야 한다. 그래서 봉명삼절도법은 개에게 줘버리고 오직 거기 새겨져 있는 봉명심법만 죽어라고 익혀. 그러면 길이 열린다."

"그러니까 봉명도도 수라신경을 찾기 위한 하나의 수단에 지나지 않다 이 말씀인가요?"

"아니."

"예?"

"수라신경은 찾아서 뭐 하게?"

어이가 없다. 사부가 정신이 오락가락하는 게 맞는 모양이다. 그렇지 않고서야 말의 앞뒤가 이렇게 제멋대로일 수 없지 않은가.

장팔봉이 그런 생각으로 째려보는데, 왕 노인은 태연하기만 했다.

하품을 하고 나더니 졸려 죽겠다는 음성으로 느릿느릿 말한다.

"별거 없다. 수라문의 절기는 이미 네놈이 다 지닌 거야. 그냥 심법만 대성하면 끝나."

"삼절도법이 그 수라신경 상의 신기막측한 최후 절기라는 말씀입니까?"

"뭐, 그렇다고 치고 거기까지만 알아둬. 그게 지금은 네 신상에 이로우니라."

그것도 아닌 모양이다.

그래서 장팔봉은 미칠 지경이 되었다.

대체 이 비밀의 끝은 어디란 말인가.

할 수만 있다면 사부의 저 음흉한 가슴을 쪼개서 활짝 열어젖히고 그 속을 들여다보고 싶었다.

*   *   *

그렇게 쏟아지던 폭우가 새벽 무렵에는 기세를 잃고 안개비로 변했다.

그 속을 질주해 오는 여섯 사람이 있었다.

거뜬히 황하를 건너온 흑룡장주 양광추와 흑룡장의 오신으로 불리는 자들이다.

그들은 대우진에 몰려들고 있는 자들 중 누구보다 저희들이 먼저 황하를 건넜다고 믿었다.

그러므로 가장 많은 기회를 잡은 것이기도 하다.

다른 놈들이 모여들어 귀찮게 하기 전에 냉큼 장팔봉을 낚아채서 사라질 셈으로 정신없이 치달리고 있는 중인 것이다.

그렇게 쫓고 쫓기듯이 미친 듯 달려 그 밤중에 양성을 지나 만고사 앞에 이르렀으니 불과 두어 시진 만에 근 삼백여 리 길을 주파한 셈이었다.

내력이 어지간하고 경공신법의 재간이 제법 뛰어나다는 자들도 그렇게 하기 불가능한 일인데 그들은 아직도 힘이 남아있는 것 같았다.

언뜻 흑룡장주 양광추의 얼굴에 득의의 미소가 스쳐갔다.

정보대로라면 앞으로 이십여 리만 더 가면 고가촌이 나오고 그곳을 통과하면 삼절문이라는 허접한 문파가 있다.

그동안 강호에 알려지지도 않은 삼류 중에서도 삼류 문파였는데, 지금은 그 삼절문을 모르는 사람이 없었다.

이보 삼장에 못지않다고 해도 과언이 아니다.

조금만 더 가면 그 삼절문에 도착하게 된다.

이제 다 됐다는 생각으로 가슴이 훈훈해지는데, 소나무 숲 앞으로 불쑥 나서는 한 사람을 보고 주춤했다.

흐릿하게 뻗어 있는 산길로 내려온 그가 버티고 섰기 때문이다.

고가촌으로 향해 있는 외길을 가로막고 선 것이다.

획—

옷자락 펄럭이는 소리조차 없이 여섯 명의 절정고수가 눈앞에 뚝 떨어져 내리지만 그 사람은 보지 못한 것처럼 우뚝 서 있기만 했다.

늙은 도사였다.

자세히 봐야 그렇다는 걸 알 정도로 형편없이 망가져 있는 도사이기도 하다.

입고 있는 옷이 낡고 꾀죄죄해서 가슴에 새겼던 태극 문양조차 거의 지워져 알아보기 힘들었던 것이다.

허리에 두르고 있는 누런 띠도 얼마나 오랫동안 빨지 않았던지 거무튀튀한 것으로 변해 있었다.

상투를 튼 것인지 아닌지 알아볼 수 없을 만큼 머리카락들이 사방으로 삐져 나오고 흩어져서 아예 틀지 않음만 못하다.

신고 있는 가죽신마저 낡을 대로 낡아 금방 발가락을 드러내 보일 것 같다.

겉으로 보아서는 도사라기보다 영락없는 거지 행색이었다.

그래도 등 뒤에 한 자루 고색창연한 검을 지고 있었으며, 손에는 때가 절어 반질반질해진 불진(拂塵) 하나를 쥐고 있었다.

솔기마저 반 넘게 빠져서 영 볼품없는 불진이다.

그런 자가 길 복판에 우뚝 서서 비킬 생각을 하지 않으니 영 불쾌하다.

"비켜라!"

오신 중 막내인 제오신 수수총(首秀總)이 앞으로 나와 장주인 양광추를 제 등으로 가리고 서서 날카롭게 꾸짖었다.

그러나 늙고 꾀죄죄한 도사는 듣지 못한 것처럼 묵묵부답이다.

힐끔 곁눈질로 수수총을 흘겨보는데 매우 못마땅하다는 듯했고, 비웃는 듯했다.

수수총이 뒤돌아보았다. 양광추의 뜻을 묻는 것이다.

양광추의 짙고 굵은 눈썹을 꿈틀거렸다. 턱을 치켜든다.

보주의 허락이 떨어지자 수수총은 망설이지 않았다.

빠르면 빠를수록 좋다.

그가 기합성마저 생략한 채 그대로 일장을 내뻗었다.

막강한 잠력이 우르릉거리며 곧장 늙은 거지 도사의 가슴으로 밀려 나간다.

흑룡장이 이보 삼장(二堡三莊) 중 한 곳으로 꼽히는 건 그만한 이유가 있기 때문이었다.

현재의 강호에서 패천마련과 정파의 몇몇 거대 문파를 제외하고는 누구나 이보 삼장을 으뜸으로 친다.

그들의 세력도 세력이려니와 각 보주며 장주의 무공이 출신입화의 경지에 이르렀다고 할 만큼 높은데다가, 거느리고 있는 수하들 중에 절정고수의 반열에 든 자들이 허다하기 때문이다.

그래서 패천마련이 그들과 전면전을 하려 하지 않고, 소림이나 무당, 화산 같은 명문정파들도 그들에 대해서는 양보해 주는 것이다.

흑룡장이 아무리 그 이보 삼장의 말석에 있다고 해도 그곳을 대표하는 오신의 무공은 절정고수의 반열에 오르고도 남는다.

수수총만 해도 그렇다.

강호에서 그의 별호가 일장진천(一掌振天)인 것만 보아도 능히 짐작할 수 있다.

그는 내력이 심후하고 장력이 굳세기로 이름이 높은 자인 것이다.

그의 일장은 바위도 가루로 만들어 버리기에 충분하다.

그것이 가슴에 부딪쳐 오지만 늙은 거지 도사는 모르는 것 같았다.

'괜히 긴장했군.'

'쯧쯧, 미친놈에 지나지 않았어.'

'새벽부터 찝찝한 피를 보게 생겼잖아.'

'그냥 밀치고 갔어도 될 걸 그랬나 보다.'

남은 사신의 머릿속에 동시에 그런 생각들이 떠오른 건 곧 피떡이 되어 날려갈 늙은 거지 도사에 대한 한 가닥 연민 때문이었다.

그래도 도사인 터라 일장에 때려죽인다면 애꿎은 중을 죽인 것과 마찬가지로 꺼림칙할 것이다.

그런 생각은 장력을 쳐낸 수수총도 마찬가지였다.

'재수없을 거야.'

아무것도 모르는 미친 도사를 쳐 죽이면 불길한 일이 따라붙을 것 같아 급히 장력을 회수해 들였다.

지척 간에서 쳐낸 장력을 거두어들인다는 건 쳐내는 것보다 몇 배는 어렵고 힘든 일이다.

그래도 수수총은 온 힘을 다해서 장력을 회수해 들였다.

"이얍!"

쳐낼 때는 기합성도 생략하더니 거두어들일 때는 오히려 목청이 찢어지도록 기합을 넣는다.

그 순간 멍하니 서 있던 도사가 슬쩍 어깨를 움직였다. 낡은 소매 속에 들어 있던 그의 왼손이 불쑥 빠져나온 것이다.

"엇?"

그리고 수수총은 대경실색했다.

한줄기 음사한 한기(寒氣)가 거두어들이는 저의 장력을 타고 물밀 듯이 밀려들었기 때문이다.

"요악하구나!"

그것이 도사가 슬며시 실어 보낸 음기라는 걸 눈치 챈 수수총이 버럭 소리치며 다시 '이얍!' 하고 우렁찬 기합성을 터뜨렸다.

장력을 되미는 것인데, 아차 하는 순간에 그만 적절한 기회를 잃어버리고 말았다.

음사한 기운의 칠팔 할이 그대로 가슴으로 파고든다.

"끄응—"

수수총의 된 신음 소리가 답답하게 흘러나왔다.

가슴을 움켜쥐고 비틀거리는 그의 낯빛이 급속히 창백해져 갔다.

그제야 사태가 어떻게 된 것인지 파악한 나머지 사신이 대로했다.

"이 교활한 놈이 감히 암수를 쓰는구나!"

한목소리로 외친 사신들이 즉각 몸을 날려 사방에서 늙은 도사를 포위했다.

그러자 도사가 누런 이를 드러내고 히죽 웃었는데, 완연한 비웃음이었다.

그쯤 되니 어지간히 체면을 차리던 양광추도 기어이 노여움을 터뜨리고 말았다.

"간교한 놈이다! 죽여 버려라!"

기다리고 있었다는 듯 네 명의 절정고수가 늙은 도사 한 명을 상대로 연수합격(連手合擊)한다는 부끄러움도 잊은 채 일제히 손을 썼다.

사방에서 뇌전처럼 쏟아져 오는 장력이 무시무시하련만 늙은 도사는 꿈쩍도 하지 않았다.

그가 몸을 앞으로 굽힌 것 같은 순간 번쩍, 하더니 검광이 허공을 가른다.

어느새 등 뒤의 검을 뽑아 앞으로 달려나가며 일격을 날린 것이다.

파아앙—

검에 실려 있는 기운이 어찌나 강맹한지 요란한 파공성이 쏟아져 나왔다.

"으헛!"

도사의 정면에서 막중한 장력을 쳐내며 달려들었던 도룡추명(屠龍追命) 여탁문(呂倬文)이 기겁을 했다.

　그는 흑룡장의 제이신(第二神)이다.

　원래의 절기는 한 자루 파풍도(破風刀)로 펼치는 위맹한 도법이다.

　강호에 파천풍도(破天風刀)로 알려진 그의 도법은 가히 일절이라고 해도 손색이 없는 것이었다.

　하지만 그는 지금 등에 지고 있는 커다란 칼을 뽑을 여유도 없었다.

　급히 회룡번운(廻龍飜雲)의 신법을 발휘하여 몸을 뒤집고 비틀며 구르듯 옆으로 피한다.

　슈앙, 하는 웅장한 검풍이 아슬아슬하게 그의 몸통을 스쳐 지나갔다.

　여탁문은 가까스로 늙은 도사의 일검을 피했지만 온전히 무사할 수는 없었다.

　귓전에 서격, 하고 제 살이 갈라지고 뼈가 절단되는 소리가 끔찍하게 들렸다.

　"으아악!"

　비명은 그 소리가 주는 공포 때문이었다.

　아무런 감각도 통증도 느낄 수 없었지만 그 소리의 공포는 끔찍했다.

　도사의 검격은 빠르고 강렬했으며 깨끗했다.

　여탁문은 제 오른팔이 허공에 떠 있는 걸 제 눈으로 보면서 다시 한 번 비명을 터뜨렸다.

"이놈!"

순식간에 제 살처럼 아끼는 오신 중 두 명을 잃은 양광추가 노성을 터뜨렸다.

하지만 두 주먹을 부들부들 떨 뿐, 수하들 틈으로 끼어들지는 못했다. 여전히 체면이 그의 발목을 붙들고 있었던 것이다.

졸지에 둘을 잃고 세 명이 된 삼신들이 미친 듯이 외치며 달려든다.

이제 그들은 각자의 병장기를 뽑아 들고 있었다. 제대로 된 싸움을 할 태세가 완벽하게 갖추어진 것이다.

그러나 늙은 도사는 생긴 것답지 않게 영악했다.

삼신이 병장기를 뽑아 드는 찰나의 틈을 노리고 다시 맹렬한 검격을 좌우로 뿌려대며 회오리바람처럼 맴돈 것이다.

파아앙—

그의 검에서 뻗어나가는 검기가 무시무시한 파공성을 터뜨렸다.

그것에 실린 진기의 충만함이 삼신을 질리게 한다.

그들에게 늙은 도사와의 엉뚱한 조우는 악몽 같은 것일 수밖에 없다.

'이런 놈이 있었던가?'

그런 의문마저도 오래 떠올리고 있을 새가 없을 만큼 늙은 도사의 검격은 폭풍같이 몰아쳤고, 소나기처럼 퍼부어졌다.

삼면을 돌아가며 후려치고 돌리는데, 번쩍이는 검광에 눈을 제대로 뜨기 힘들 지경이었다.

대체 이게 무슨 검법인지조차 알 수가 없다.

강호의 경험이 누구보다 풍부한 그들로서도 생전 처음 겪어 보는 검법이었던 것이다.

초식이 단순한 것 같으면서 그 안에 깃들어 있는 변화가 눈부시고, 일검 일검에 실려 있는 진기의 충만함이 놀랍기만 하다.

"으악!"

다시 왼쪽에서 처절한 비명성이 터져 나왔다.

두 자루의 엄지손가락 굵기의 짧은 동곤(銅棍)을 쓰던 자에게서였다.

제삼신인 쌍룡황곤(雙龍黃棍) 나하추(羅河秋)다.

따당! 하는 웅장한 울림이 울렸는데, 두 자루 동곤이 매끈하게 잘리는 소리였다.

그것과 함께 나하추의 왼쪽 어깨가 가슴까지 깊고 길게 베어졌다.

쩍 벌어진 속살 사이로 허연 뼈가 드러나 보일 정도의 중상이다.

나하추가 주저앉자 삼면의 포위가 무너졌다.

"하하하하— 흑룡장의 오신이 얼마나 대단한 존재들인가 했더니 허수아비들이었구나! 가소롭도다! 그따위 실력으로 감히 봉명도를 넘본단 말인가?"

도사의 웃음소리와 조롱은 벌써 저만큼 먼 곳에서 들려오고 있었다.

안개처럼 내리고 있는 새벽 비에 파묻히며 그의 신형이 빠르게 사라진다.

"이 요악한 도사 놈! 거기 서라!"

기어이 양광추가 노성을 터뜨리며 몸을 날렸다.

절정의 경공신법을 발휘하자 허공에 잔상이 걸린다.

슈앙—

제가 쏘아낸 화살이라도 쫓아가 잡을 것 같은 기세와 재빠름으로 도사가 사라진 곳을 향해 뛰어드는 양광추의 가슴은 노여움과 분노로 터질 것 같았다.

강호에서 활동한 지난 사십여 년 동안 오늘과 같은 일을 당한 적이 없으니 더욱 미칠 것 같다.

그렇게 향 한 자루 탈 시간 만큼 달렸으나 도사의 종적은 찾을 수가 없었다.

그는 자신도 모르는 사이에 어디가 어디인지도 모를 깊은 숲 속에 홀로 우뚝 서 있었다.

아직 하늘은 시커먼 어둠에 덮여 있었고, 괴괴한 숲 속에는 적막이 가득했다.

나뭇가지에 맺혔던 빗방울이 떨어지는 소리만 들릴 뿐이다.

양광추가 부드득 이를 갈았다.

삼절문을 찾기 전에 그 도사를 잡아서 정체를 밝혀내고 갈기갈기 찢어 죽이겠다고 단단히 결심한다.

그러나 어디 있는지 알아야 그렇게 할 것 아닌가.

번쩍이는 눈으로 사방을 휘둘러보고 온몸의 감각을 최대한 끌어올려 땅속에서 벌레가 꿈틀거리는 기척조차 놓치지 않지만 늙은 도사의 종적은 어디에서도 찾을 수 없었다.

"으음—"

그가 저도 모르게 깊은 탄식을 흘렸다.

온몸에 맥이 빠져 버린다.

맹세코 생전 처음 보는 도사였다.

강호에 그런 자가 있다는 소문조차 들은 바가 없다.

하지만 눈 깜짝할 사이의 그 짧은 순간에 그가 보여준 무위는 아찔한 것이었다.

화가 나서 물불 가리지 않고 뒤쫓아왔지만 이렇게 냉정을 되찾고 다시 생각해 보자 등줄기에 소름이 돋는다.

그 늙고 꾀죄죄한 도사의 무위는 결코 자신의 아래가 아니라고 생각되었기 때문이다.

그런 자가 강호에 알려진 바조차 없다니 기가 막히다 못해 제가 꿈을 꾼 건 아닌가, 하는 의심마저 든다.

第十一章

그 사람들의 정체

鳳鳴刀
용명도

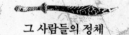

그 사람들의 정체

그날 장팔봉은 한숨도 자지 못한 채 새벽을 맞았다.

무섭게 쏟아지던 폭우도 새벽녘에는 기세를 잃고 안개비로 변했는데, 그 비를 맞으며 한 사람이 불쑥 찾아왔다.

"계시오?"

우렁찬 음성이 삼절문 안에 쩌렁쩌렁 울린다.

그때 장팔봉은 본청에 붙어 있는 사랑채 뒤의 제 방에서 젖은 옷을 갈아입고 있었다.

헛간 곁에 딸려 있는 골방이다.

"이 새벽부터 누구야?"

구시렁거리며 대충 옷을 걸치고 밖으로 나오자 대청을 바라보며 우두커니 서 있는 사람의 뒷모습이 보였다.

사부는 안으로 들어가 깊은 잠에 빠졌는지 코 고는 소리가
밖에까지 들리고 있었다.

"아직 자고 있소?"

알 수 없는 새벽의 방문자가 다시 조금 전보다 더 크게 소리
쳤지만 사부의 코 고는 소리는 그치지 않는다.

"누구를 찾아오셨수?"

퉁명스런 장팔봉의 물음에 방문자가 천천히 돌아섰다.

"엇!"

그를 본 순간 장팔봉의 온몸이 굳어버린다.

"흘흘, 과연 이곳에 있었군. 내가 제대로 찾아왔어."

"다, 다, 당신……."

"세상이 아무리 넓다고 해도 부처님의 손바닥 안인 게야. 안
그런가?"

도사였다.

조금 전, 소나무 숲 앞길에서 흑룡장의 무리들을 홀로 가로
막았던 바로 그 도사다.

낡고 꾀죄한 옷을 걸치고 누런 이를 드러내며 히죽 웃는 그
를 장팔봉은 잊을 수 없었다.

"건풍……."

그는 화승객잔에서 만났던 추레한 늙은 도사 건풍이 틀림없
었다.

눈을 씻고 다시 봐도 역시 건풍이다.

천도호 근처의 동옥진에 들렀을 때 화승객잔에서 우연히 만

났던 그 기분 나쁜 도사.

간단한 속임수로 그를 따돌리지 않았던가.

'저 늙다리가 혹시 그때의 일을 따지려고?'

그런 생각이 드는 건 마음에 찔리는 바가 있어서이다.

하지만 장팔봉은 뱃심을 든든히 하고 태연한 신색을 지었다.

여기는 바로 내 텃밭이다. 개도 제집에서는 반쯤 우세를 먹고 들어간다지 않던가.

"커흠!"

우렁차게 헛기침을 하는 건 사부를 깨우기 위해서였다.

하지만 안에서는 여전히 코 고는 소리가 들려올 뿐이었다.

쩝, 하고 입맛을 다신 장팔봉이 시큰둥하게 물었다.

"여기까지 용케도 찾아오셨군. 그래, 무슨 볼일이 있는 거요?"

"흘흘, 너하고는 상관없으니 신경 쓰지 마라."

"엥?"

도사의 엉뚱한 말이 장팔봉의 머리를 어지럽게 한다.

여기까지 온 게 저를 찾기 위한 게 아니었다면 대체 뭐란 말인가? 하는 생각에 도사를 다시 이리저리 훑어보았다.

몇 번을 확인해 봐도 제가 잘못 본 게 아니었다. 건풍이라던 그 도사가 맞다.

동옥진에서 그렇게 진드기처럼 달라붙던 때가 엊그제 같은데 갑자기 너하고는 상관없다니 어리둥절해진다.

그때 안에서 비로소 코 고는 소리가 뚝, 멎었다.

도사가 반색을 하고 다시 소리쳤다.

"안에 계신가? 날세."

"응, 자네가 왔군. 왔으면 냉큼 들어올 일이지 거기서 뭘 하고 있나? 누구하고 얘기하는 거야? 팔봉이 놈이라면 쓸데없으니 무시하게."

"엥?"

사부의 말에 장팔봉은 또 한 번 어리둥절해졌다.

"아니, 두 분이 서로 알고 있었던 사이였소?"

도사가 히죽 웃는다.

"방금 자네 사부의 말을 듣지 못했나? 자네의 말은 무시하라고 그러셨잖아. 커흠."

그러니 이제 더 이상 너 따위 망나니 같은 놈하고는 상대하지 않겠다는 듯 헛기침을 날리며 사부의 방으로 당당하게 들어간다.

그래서 장팔봉은 화가 나기도 하고 넋을 잃기도 했다.

대체 뭐가 어떻게 돌아가고 있는 건지 정신이 없다.

사문에 돌아왔을 때는 이게 마지막이 될지도 모르니 사부님께 며칠 효도를 하면서 마음을 정리하고, 내 집의 편안함을 한껏 누려볼 생각 아니었던가.

마을에 내려가 다시 아이들과 어울려 천렵을 하고, 장작을 때서 사부님의 방을 따뜻하게 해드리며 목욕도 시켜 드리고 맛있는 것도 만들어 드리겠다는 소박한 마음이었던 것이다.

귀찮아 짜증내곤 했던 그런 일들이 사부를 떠나 있다 보니
못 견디게 그리워졌기 때문이기도 했다.

역시 이 세상에서 진심으로 믿고 의지할 사람은 늙고 보잘
것없는 내 사부님 한 분밖에 없다는 간절한 마음이 되었던 것
이다.

그런데 이제는 아니다.

늙은 도사 건풍의 등장으로 인해서 더욱 사부에 대한 의심
과 불만이 생겼다.

대체 내가 여태까지 알고 있었던 게 뭔가? 하는 회의마저 든
다.

그리고 그런 장팔봉의 회의를 몇 배 증폭시키는 일이 또 있
었다. 결정타를 맞은 셈이다.

새벽부터 무슨 일들이 그렇게 바쁜 건지, 건풍이 사부님의
방으로 들어가고 얼마 있지 않아서 또 한 사람이 찾아왔다.

낯익은 만고사의 노주지, 만성 스님이었다.

이제는 그러려니 할 뿐, 장팔봉은 더 이상 놀라지 않았다.
저 만성 노스님과 사부님 사이에도 무언가 심상치 않은 관계
가 있다는 걸 벌써 짐작하고 있으니 그렇기도 하다.

그러나 또 한 사람이 찾아왔을 때는 달랐다.

"어? 네놈이 여기는 웬일이냐?"

마당에서 팔다리를 흔들며 자고 난 몸을 풀고 있던 장팔봉
이 눈을 휘둥그레 뜨고 바라보는 곳에 한 청년이 서 있었다.

흰 이를 드러내고 빙긋 웃는 그 얼굴을 어찌 잊을 것인가.

그는 바로 개아범 당가휘였다.

"하하, 잘 잤나?"

"강을 건너올 수 없다고 뻗대더니 잘만 건너왔구나?"

"그럴 수밖에 없는 사정이 생겼지. 그럼 실례하네."

그러더니 당가휘가 허락도 없이 사부님의 방으로 들어가는 것 아닌가.

마치 제집에 온 것처럼 태연한 모습이었다.

"어라? 저놈이 미쳤나?"

사부님께 어지간히 미움을 받던 놈이라 저렇게 무례하게 굴었다가는 다리몽둥이가 성하지 않을 거라고 생각하는데 전혀 그렇지 않았다.

안에서 반갑게 서로 인사를 나누는 소리가 들렸던 것이다.

사부의 헛기침 소리도 들린다.

그래서 장팔봉은 인상을 온통 우그러뜨리고 말았다.

이제는 완전히 저 혼자만 따돌림 당하고 있다는 생각이다.

여기가 대체 내가 살아온 삼절문이 맞는 건가? 하는 의심마저 든다.

도대체 무슨 음모들을 꾸미고 있는 건지 궁금해서 미칠 것 같기도 하고, 화도 났다.

그래서 그는 씩씩거리며 그대로 대문을 나섰다.

마음 같아서는 이 길로 떠나버리고 싶지만 그래도 사부에게 인사는 하고 가야 한다는 일말의 효심 때문에 그러지는 못했다.

아래 고가촌에 내려가 천진한 아이들과 어울려 한바탕 와자하게 떠들고 놀기라도 할 셈으로 대문을 나섰는데, 더 이상 갈 수가 없었다.

"어라?"

문 앞 계단 위에 앉아 있던 두 사람을 본 것이다.

낯익은 자들이다.

대우진의 저자에서 자근자근 밟아주었던 거구의 텁석부리와 얍삽하게 생겨먹은 왕팔단 아닌가.

그들이 비에 흠뻑 젖은 청승맞은 모습으로 앉아 있다가 장팔봉을 돌아보고 히죽 웃는다.

이제 막 새벽의 어둠이 저만큼 물러난 이른 아침이고, 아직도 자욱한 비안개가 끼어 있다.

게다가 쌀쌀한 가을 아닌가.

저렇게 젖은 몸으로 돌아다니다가는 된통 감기에 걸리게 마련이고, 우선 몸이 떨려서 견디기 힘들 텐데 그들 두 사람은 어찌 된 일인지 멀쩡했다.

젖은 옷에서 무럭무럭 김이 솟아나지만 계단 위에 올려놓은 석물(石物)들인 것처럼 꿈쩍도 하지 않고 앉아 있다.

"너희들은 또 여기에 웬일이냐?"

왕팔단이 일어나더니 가볍게 포권하고 히죽 웃었다.

"장 공자, 일어나셨군요. 우리에게는 신경 쓰지 마십시오."

당가휘가 이곳에 왔으니 그의 똘마니들이 따라온 건 당연한 일이다.

웬일이냐고 물었던 일이 민망해진 장팔봉이 헛기침을 하고 계단을 내려가려는데 왕팔단이 두 팔을 활짝 벌리고 그 앞을 막아섰다.

"뭐야?"

"장 공자, 지금은 아무 데도 가실 수 없습니다. 여기서 조금만 기다리시지요."

"뭐라고? 내가 내 집에서 출입을 마음대로 할 수 없다니, 이게 말이 되는 거냐?"

"조금만 기다리시면 됩니다. 당 대형께서 곧 나오실 거니까요."

"이놈이 정신이 나갔나? 아니, 개아범 그놈이 나오는 거하고 내가 내 집 대문 밖으로 나가는 거하고 무슨 상관이 있다고 그래? 저리 비켜!"

장팔봉이 눈을 부라리자 왕팔단은 멋쩍은 웃음을 실실 흘렸다. 그래도 비켜서려고 하지는 않는다.

그때까지도 등진 채 앉아 있던 진석두가 느릿느릿 일어서더니 장팔봉에게 머리를 꾸벅해 보이고 걸걸한 음성으로 말했다.

"장 공자를 염려해서 그러는 거니 저놈의 말을 들으시는 게 좋을 겁니다."

"뭐라고? 지금 네가 나를 협박하는 것이냐?"

"그렇게 생각해도 할 수 없습지요."

"이놈이?"

진석두의 느물거리는 태도와 말에 장팔봉은 울컥 화가 솟구쳤다.

가뜩이나 이 새벽부터 벌어진 알 수 없는 일에 짜증이 나 있던 터이고, 사부에게 서운한 마음이 있어서 심사가 뒤틀려 있는 그였다.

화풀이할 상대를 찾을 수 없어서 혼자 삭이고 있었는데 이제 만만한 왕팔단과 진석두를 보자 그만 폭발하고 만다.

"매를 맞아야 정신을 차릴 놈이구나!"

버럭 소리치더니 다짜고짜 몸을 날렸다.

앞을 가로막고 있는 왕팔단을 미끄러지듯 스쳐 지나가는 신법은 무영혈마의 절정 경신법이다.

왕팔단은 눈을 부릅뜨고서도 그런 장팔봉을 붙잡지 못했다.

눈 깜짝할 사이에 진석두의 면전에 들이닥친 장팔봉이 그대로 주먹을 날렸다.

퍽!

그것이 여지없이 진석두의 털이 숭숭 나 있는 두터운 가슴에 작렬한다.

"어라?"

장팔봉이 눈을 휘둥그레 떴다.

그 한주먹이면 진석두 아니라 그보다 더한 놈이라도 새된 비명을 내지르며 엉덩방아를 찧고 주저앉아야 할 터였다.

그런데 이건 뭔가?

마치 모래가 잔뜩 들어 있는 단단한 가죽 부대를 후려친 것처럼 제 손목만 얼얼해질 뿐, 진석두는 꿈쩍도 하지 않았다.

눈을 끔벅이며 장팔봉을 내려다본다.

어리둥절했던 장팔봉의 얼굴이 더욱 사납게 일그러졌다.

내가 아침밥을 아직 먹지 않은지라 기력이 떨어져서 그런 모양이라고 생각한다.

그래서 이번에는 더욱 힘을 실어서 두 번째 주먹을 날렸다.

정확히 진석두의 명치를 향해서였다.

한 대 맞으면 제아무리 곰 같은 놈이라도 숨이 턱, 막혀 고꾸라질 그런 주먹질이다.

픽!

휘익, 하고 바람을 가르며 쳐나간 주먹이 한 치의 어긋남도 없이 진석두의 명치에 틀어박혔다.

"……!"

여전하다.

진석두는 꿈쩍도 하지 않았고, 장팔봉은 왼손마저 얼얼하게 저려오는 통에 우거지상을 했다.

'이건 뭐가 잘못되어도 단단히 잘못되었어.'

그런 생각과 함께, '내가 아직 꿈을 꾸고 있나?' 하는 의심이 들어서 제 입술을 자근 씹어보았다.

아프다.

"장 공자. 이제 화가 풀렸수?"

"뭐라고?"

"두 대로 아직 화가 안 풀렸다면 더 때리시구려. 저녁밥 먹을 때까지 때려도 좋수."

진석두가 느물거리며 뒷짐마저 진다.

그건 대우진의 저자에서 저에게 잡혀 처박히고 뒷덜미를 자근자근 짓밟히던 그 진석두가 아니었다.

그래서 장팔봉은 다시 제가 지금 꿈을 꾸고 있는 거라고 생각한다.

그가 이 믿을 수 없는 일을 대체 어떻게 해석해야 할까, 하고 고민하는데 사부의 카랑카랑한 고함 소리가 들렸다.

"이놈아, 아직 거기 있는 거냐? 냉큼 겨 들어오너라!"

"너 두고 보자. 여기 꼼짝 말고 있어."

도대체 어제부터 오늘 이 아침에 이르기까지 정신을 차릴 수가 없었다.

나는 그대로인데 세상의 모든 게 죄다 바뀐 것 같은 생각이 들지 않을 수 없다.

아니, 내가 과연 나인가? 하는 의심마저 들 정도로 지금 장팔봉은 혼란스러웠다.

그런 혼란의 중심에 오늘 새벽까지는 사부 한 사람만 있었을 뿐인데 지금은 세 사람이 더 있었다.

"인사드려라."

"예?"

"너는 마땅히 이 사람들에게 머리를 조아려 인사를 드려야 하느니라."

"아니, 제가 왜요?"

장팔봉은 이제 덤덤했다.

너무 어이없는 일을, 그것도 한 번이 아니라 이처럼 여러 번이나 몰아서 당하고 나면 누구나 그렇게 된다.

하늘이 무너진다고 해도 더 놀랄 일도 없게 되는 것이다.

오히려 담대해진다고나 할까.

지금 장팔봉이 그랬다.

부리부리한 눈으로 만고사의 노주지 만성 스님을 바라보고, 늙은 도사 건풍을 흘겨보고, 그들 사이에 의젓하게 앉아 있는 당가휘를 째려본다.

왕 노인이 혀를 차더니 버럭 소리쳤다.

"쯧쯧, 이런 버르장머리없는 놈을 보았다. 이놈아! 네놈이 사문의 존장들에게 이처럼 버릇없이 굴면 결국 이 사부를 욕먹이는 일이라는 걸 정녕 모르는 게냐? 앙!"

"예? 사문이라고요? 아니, 언제부터 이 사람들이 우리 삼절문의 제자들이었단 말입니까?"

"이놈아, 제자가 아니라 존장!"

"그러니까, 언제부터 이 사람들이 삼절문의 존장이 되었던 거냐고요? 나는 삼절문에서 이십 년도 넘게 살아왔지만 그런 말은 들어본 적도 없고, 생각해 본 적도 없습니다!"

"그래서 못하겠다는 거냐?"

"죽어도 못합니다!"

장팔봉도 제 사부에 조금도 뒤지지 않고 악을 써댄다.

까짓, 열 번 양보해서 다른 두 사람에게야 절을 할 수 있다.

저보다 한참 연장자이니 뭐, 그럴 수 있다고 생각한다.

문제는 당가휘였다.

어렸을 때부터 불알친구로 자라왔고, 삼절문에서 동문수학하지 않았던가.

게다가 제 밥이나 마찬가지인 놈이었다. 똘마니 취급을 하면서 데리고 다녔던 놈이란 말이다.

그런 놈에게 머리를 조아리고 절을 해야 한다는 건 있을 수 없는 일이었다.

장팔봉이 사부에게 맞아 죽으면 죽었지 그것만은 할 수 없다고 뻗대는 게 그런 까닭이다.

그런 눈치를 챈 사부, 왕 노인이 끌끌 혀를 찼다.

달래듯이 낯빛을 부드럽게 하고 음성을 부드럽게 하여 말한다.

"이 멍청한 녀석아. 어제 밤새도록 사부가 해주었던 말을 귓구멍으로 듣지 않고 죄다 콧구멍으로 들었던 게냐? 이 사람들은 말하자면 구천수라신교의 장로라는 고귀한 신분인 게야."

'엥? 장로?'

장팔봉의 눈이 휘둥그레졌다.

이들이 모두 구천수라신교의 장로들이었다니 놀랍다. 하지만 입은 여전히 그 사실을 인정하려 들지 않았다.

"나는 모릅니다."

"네가 모르쇠로 일관해도 소용없어. 너는 누구의 제자냐?"

"그야, 사부님의……."

그래도 차마 노망든 노인네라는 말은 하지 못했다.

"그렇지. 나의 하나뿐인 사랑하는 제자지."

즉각 장팔봉의 입이 한 뼘은 튀어나온다.

'쳇, 나를 사랑한다는 양반이 그래, 여태까지 숨겨왔어? 그리고 뜬금없이 이 인간들에게 절을 하라고? 흥!'

"나 또한 수라신교 또는 줄여서 신교라고 부르는 구천수라신교의 사람이다. 그러니 나의 제자인 너는 자동적으로 그렇게 되는 것 아니겠느냐?"

"아니, 구천수라신교이든 수라신교이든 그냥 신교이든, 내가 언제 그런 곳에 입교했습니까? 나는 어려서부터 오직 삼절문의 제자이고 삼절문의 사람이란 말입니다."

"쯧쯧, 미련한 녀석. 그렇게 말귀를 못 알아듣다니."

장팔봉도 제가 억지를 부리고 있다는 걸 잘 알았다. 내색하지 않을 뿐이다. 아니, 인정하기 싫은 것이다.

오직 저기 저렇게 의젓하게 앉아서 빙글빙글 웃고 있는 한 사람, 개아범 당가휘 때문이다.

장팔봉이 끝까지 뻗댈 기세를 보이자 사부가 한심한 놈을 다 본다는 듯 눈을 흘기며 다시 말했다.

"네가 아무리 부정해도 소용없어. 너는 이미 수라신교에 발을 들여놓아도 너무 깊이 들여놓았단 말이다. 네가 원하든 그렇지 않든 그 사실은 변하지 않는 거야. 네가 원하지 않는다고 장팔봉이 갑자기 개팔봉이 되겠느냐?"

"아니, 지금 그걸 말이라고 하시는 겁니까? 개팔봉이라니?"

겁도 없이 눈을 부라리고 제 사부를 아래위로 째려본다.

"흘흘, 저놈의 똥고집은 어렸을 때부터 유명했지."

만고사의 만성 노스님이 흐물흐물 웃으며 끼어들었다.

"그 고집 때문에 내가 저놈을 유독 귀여워했던 걸 왕 장로도 잘 알 거요."

노스님이 자애로운 눈길로 장팔봉을 쓰다듬듯이 바라본다.

"네 사부가 너에게 아무 말도 해주지 않은 것은 너를 위해서이니라."

"장로란 말씀입지요? 사부님을 포함해서 여기 계신 분들이 모두 구천수라신교의 장로라는 거지요?"

"본 교의 일은 과거로부터 현재까지 철저한 비밀 속에 이루어져 왔다. 강호의 무리들로부터 질시를 당하게 되는 걸 꺼려해서이지."

사부의 말을 들어서 수라신교가 정파도 아니고 사파도 아닌 어중간한 길을 걷는 묘한 집단이라는 건 알고 있는 장팔봉이었다.

그건 저의 취향에도 맞는 바라 상관없다.

문제는 사라져 버렸다는 수라신교가 왜 갑자기, 오늘 이곳에서 이처럼 모습을 드러내느냐 하는 것이었다.

그 의문에 대한 해답은 누구도 아닌 당가휘가 해주었다.

"지금 이렇게 한가로이 노닥거리고 있을 시간이 없습니다. 다들 잘 아시면서 왜 이러십니까?"

'저놈이?'

장팔봉이 째려보지만 당가휘는 동요하지 않았다.

"제 수하들이 얼마나 버텨줄지는 저도 모릅니다."

그 말에 늙은 도사 건풍이 머리를 끄덕였다.

"조금 전에 흑룡장의 오신이라는 것들 중 세 명을 처치하고 양광추라는 늙은 이무기를 혼내주었으니 당장은 흉성을 드러내지 못할 걸세. 하지만 그자가 언제 다시 쳐들어올지는 나도 몰라."

장팔봉의 눈이 휘둥그레졌다.

양광추라면 삼장 중의 하나인 흑룡장의 장주 아닌가.

이보 삼장의 위세가 어떤지 익히 들어 알고 있는 장팔봉으로서는 건풍이 흑룡장주를 혼내주었다는 말을 좀체 믿기 어려웠다.

혼자서 흑룡장의 오신을 상대하여 그중 세 명을 처치했다는 말은 더더욱 믿기 힘들다.

하지만 말하는 것이나 태도로 봐서는 정말인 것 같으니 혼란스러웠다.

건풍이 예사 늙은이가 아니라는 건 처음 만났을 때 이미 알고 있었지만 설마 그 정도로 뛰어나다는 건 인정하고 싶지 않았다.

인정한다면 다른 사람들의 무공도 그렇게 높다는 걸 받아들여야 하지 않겠는가.

그게 나머지 세 사람을 잘 알고 있는 장팔봉으로서는 참으로 어려운 일이었던 것이다.

사부 왕 노인은 제가 잘 안다.

사사건건 꽥꽥 소리만 지르는 못된 늙은이이지만 그 속마음은 한없이 따뜻하고 잔정이 많은 사람이다.

그건 좋은데, 무공이 영 형편없다.

저처럼 내공이라는 게 없다시피 했으며, 알고 있는 절기라는 것도 고작 삼절도법 세 초식 이십사 변이 다일 뿐이었다.

강호에 나가면 그야말로 삼류 취급도 받지 못할 위인인 것이다.

만고사의 노주지 만성 스님만 해도 그렇다.

그는 불심이 깊으면서 가끔씩 엉뚱한 면도 보이는 주책바가지 중이었을 뿐이다.

장팔봉은 한 번도 노스님이 무공의 고수일 것이라고는 생각해 본 적이 없었다.

무공을 쓰는 걸 본 일도 없을뿐더러, 평소의 거동이나 기세에서도 전혀 그러한 낌새를 눈치챌 수 없었기 때문이다.

게다가 당가휘야 더 말할 것도 없다.

누구보다 저놈을 잘 아는 자신 아니던가. 저놈은 평생 내 밥이라고 생각해도 틀리지 않다.

그런 당가휘가 건풍과 대등한 고수라고?

어림없는 소리다.

그래서 장팔봉은 콧방귀만 킁, 킁, 뀌어댈 뿐 그들의 존재를 애써 부정했다.

그러나 다른 사람들은 그렇지 않았다.

왕 노인을 빼고 다들 초조해한다.

'대체 무슨 일이 벌어지고 있는 거야?'

장팔봉이 그런 의문을 느낄 때 당가휘가 다시 말했다.

"우리 뒤를 쫓아서 지금쯤은 천화상단의 무리가 도강했을 것이고, 그 뒤에는 다시 천검보의 무리가 도강했을 것입니다. 그 밖에도 우문장과 낙수장의 무리들이 있습니다. 이보 중 한 곳인 천룡보에서도 가만히 구경만 하고 있을 리가 없지요. 지금쯤은 그들도 도강을 했을지 모릅니다."

당가휘의 말은 심각했다. 하지만 그는 아직 보고받지 못한 게 있었다.

바로 천룡보의 암영사신과 그가 데리고 온 열 명의 추적자들에 관한 것이다. 그들은 이미 이 세상 사람이 아니지 않은가.

그리고 천검보의 무리는 대우진을 지나 황하를 건넌 뒤 어느 무리와도 섞이지 않고 다시 종적을 감추어 버렸다.

장팔봉이 당가휘의 말을 잘랐다.

"뭐라고 지껄이는 거냐? 아니, 이보 삼장의 무리가 죄다 대우진에 모여들었고, 강을 건너서 이리로 오고 있다고?"

"그렇다."

당가휘의 얼굴이 심각해졌다.

지난밤의 혈전을 생각하고, 지금쯤 피를 쏟으며 죽어가고 있을 자신의 수하들을 생각했기 때문이다.

벌써 스무 명이나 되는 수하들이 결사적으로 나루를 지키려다가 전멸하지 않았던가.

지금은 양성 부근에서 만인객잔의 종업원들이 필사적으로 군웅들을 상대하고 있을 것이다.

조금이라도 시간을 벌어주기 위해서 자신들의 목숨을 초개같이 내던진 것이다.

당가휘가 한숨을 쉬었다.

"내 수하들이 모두 죽는다고 해도 어쩔 수 없다. 그들은 오직 이날을 위해서 모든 걸 감추고 참아가며 살아온 자들이니까."

그 말 속에 비분강개함이 가득하다.

그가 번쩍이는 눈으로 장팔봉을 노려보았다.

"그들이 왜 죽을 걸 알면서도 달아나지 않고 군웅들을 가로막아 싸우는지 아느냐?"

"……."

"바로 너 때문이다. 내가 대우진에 들어와 있었던 것도 바로 너 때문이었어."

"무슨 말인지 알아들을 수 있게 해봐."

"지금은 시간이 없다. 우선 이곳을 떠나야 해. 그것 때문에 우리가 교중의 규칙마저 어겨가며 이렇게 한자리에 모인 것이다."

"교의 규칙이라니?"

"장로들은 두 사람 이상 모일 수가 없다. 언제나 서로 흩어져 있어야 해. 이것이 교의 규칙 중 하나다."

"어째서?"

"이렇게 한자리에 모여 있다가 악랄한 자의 술수에 걸리면 모두 죽을 수밖에 없지 않겠어? 그러면 그나마 실낱같이 유지해 온 본 교의 명맥이 끊어지게 된다."

"으음—"

"하지만 오늘 우리는 지엄한 교의 규칙마저 어겨가며 이렇게 이곳에 모였다. 바로 너 한 사람을 무사히 지켜주기 위해서이지."

"그럼 여기 이 네 사람이 수라신교의 장로들 전부란 말이냐?"

대답은 사부인 왕 노인이 했다.

"한 사람만 빠졌지."

어딘지 쓸쓸한 어투였다.

"원래는 그도 오기로 되어 있었는데, 아직 오지 않은 걸 보니 피치 못할 사정이 생긴 모양이다. 나쁜 일은 아니어야 할텐데……."

사부의 얼굴마저 쓸쓸해지는 걸 보면서 장팔봉은 궁금증을 참을 수 없었다.

"대체 누구인데 그처럼 걱정하시는 겁니까?"

"너도 잘 아는 사람이다."

"예?"

"패천마련의 지옥에서 너를 데리고 나온 사람이기도 하지."

"억!"

장팔봉이 기겁을 했다. 사색이 된다.

"설마, 설마… 백 사고를 말하는 건 아니겠지요?"

"왜 아니겠어. 바로 그녀다."

"으헉, 이런 일이……."

장팔봉은 어이가 없다 못해 기절할 지경이 되었다.

백무향이, 그 요녀 사고(師姑)가 구천수라신교의 장로였다니 그렇다.

그래서 그녀가 저를 귀여워해 주었고, 불귀림의 풍우주가에까지 찾아왔던 건가? 하는 생각이 든다.

왕 노인 이번에는 빠르게 말했다. 느긋하던 그 또한 이제는 초조해하고 있는 것이다.

"그뿐 아니다. 너는 지옥에서 다섯 명의 늙은 마귀들을 사부로 삼았다고 했지?"

"……."

"그들이 누구누구인지 이 사람들 앞에서 말해보아라."

잠시 생각하던 장팔봉은 그들 다섯 노괴물들을 떠올리며 천천히 말했다.

"무정철수 곽대련, 무영혈마 양괴철, 독안효 공자청, 왜마왕 염철석, 그리고 절세신마 당백련이지요. 그분들이 지옥에서 저에게 절기를 물려주신 다섯 노사부님들입니다."

잔뜩 긴장하여 장팔봉의 말에 귀를 기울이던 늙은 도사 건
풍이 안도와 비탄이 뒤섞인 탄식을 했다.

"아, 그들이…… 그들이 정말 아직까지 멀쩡하게 살아 있었
구나. 아, 정말 다행이야. 암, 다행이고말고. 이제는 죽어도 여
한이 없다."

그 말을 하는 동안 건풍의 마른 눈에 번쩍이는 눈물이 비쳤
다.

장팔봉의 머릿속에 스쳐가는 생각이 있었다.

'이제 보니 이 늙은 도사가 무당파의 건녕자를 찾는다고 한
말은 말짱 거짓말이었구나. 어쩐지, 한사코 저를 지옥으로 데
려가 달라고 졸라대더라니……'

건풍이 찾고 있는 건 바로 그들 다섯 노사부들이었다는 걸
알 수 있게 되었다.

자신이 무당파의 제자이고 은밀한 임무를 수행하기 위해 강
호에 나와 아무도 모르게 활동하고 있는 중이라는 말이 죄다
거짓말이었던 것이다.

'그렇다면?'

장팔봉이 '아!' 하고 놀람의 외침을 터뜨렸다.

"그들도 설마?"

"그렇다."

건풍이 엄숙하게 말했다.

"본 교의 사람들이니라."

"아!"

장팔봉은 넋이 빠졌다. 멍하니 건풍을 바라보고 제 사부를
바라본다.

왕 노인의 음성이 그런 그의 머릿속에 천둥소리처럼 울렸
다.

"흘흘, 이 미련한 놈아, 그런데도 네가 수라신교와 아무 상
관이 없다고 뻗댈 수 있느냐? 이게 바로 운명이라는 게야. 네
놈이 타고난 운명이고, 갈 수밖에 없는 길인 거지."

"……."

"어서 존장들에게 예를 올리지 못할까!"

장팔봉은 무엇에 홀린 사람처럼 그 말을 따랐다.

저절로 그렇게 되듯이 무릎이 꺾이고 두 손으로 맨바닥을
짚게 된다.

그가 머리를 조아렸다.

"네 분 장로님을 뵈옵니다."

음성마저 장팔봉의 의지와는 상관없이 제멋대로 흘러나오
는 것 같다.

가늘게 떨리고 있었다.

그의 귓전에 다시 사부의 말이 와 닿았다. 이제는 조곤조곤
타이르듯 하는 소리다.

"생각해 보면 알 수 있을 게다. 이게 얼마나 기막힌 일인지
말이다. 어떻게 이런 우연이 한꺼번에 너에게 닥칠 수 있었겠
느냐? 이건 바로 조사님들의 영이 네 등을 떠미신 거야. 그러

니 너는 그분들이 이끄시는 대로 따라갈 수 있을 뿐, 고집 부려 봐야 소용없느니라. 네 운명에 순응하는 것. 그게 바로 순리이 니라."

第十二章

내가 해결하지 못할 일이란 없노라

鳳鳴刀
봉명도

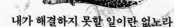
내가 해결하지 못할 일이란 없노라

각자 저의 이익을 위해서 서로를 견제하고 죽이던 무리들이다.

하지만 지금은 그 이익을 위해서 서로 동지가 되어 있었다.

강호에는 적도 없고 동지도 없다는 말이 딱 맞다.

어제의 친구가 오늘의 적이 되고, 방금 전까지 죽기 살기로 싸웠던 원수가 조금 뒤에는 둘도 없는 조력자가 되는 것이다.

그게 강호라는 비정한 세계다.

욕심이 그들을 그렇게 만든다.

야비함과 온갖 술수는 물론 대범함과 위대해 보이는 협의지심까지도 강호라는 세계에서는 욕심에 그 뿌리를 두고 있는 것이다.

장팔봉을 납치하고 그놈을 통해 봉명도를 찾는다.

그 대단한 목적 앞에서 원한은 뒷전이었다.

그것을 차지하려는 제 욕심을 가로막는 장애야말로 유일한
원수이고 공동의 적이 될 뿐이다.

다른 건 다 무시하고 잊어도 좋다.

이보 삼장의 무리들이 그런 뜻으로 서로 동지가 되어 급하
게 몰아치는 곳에 이십여 명의 사내들이 버티고 있었다.

양성(陽城) 밖.

저 멀리 흰 눈을 이고 있는 설화산의 봉우리가 보이는 곳이
었다.

앞에는 추수 끝난 넓은 벌판이고, 뒤에는 설화산에서 갈라
져 내려온 돌산이 능선을 이루다가 뚝, 끊어져 비좁은 협곡을
토해낸 곳이다.

호리병처럼 생긴 그 협곡의 입구를 막고 한사코 저항하는
자들은 모두 당가휘의 수하들이었다.

마차 두어 대가 겨우 지나갈 만한 협곡으로 한 가닥 길이 뻗
어 있었다.

그곳을 지나야 설화산으로 향할 수 있으니, 협곡은 세상과
설화산의 경계를 짓는 천험의 요새 같은 곳이다.

대우진을 떠나 풍랑을 무릅쓰고 그 험한 황하의 물굽이를
무사히 건너온 자들의 수는 무려 육, 칠십여 명에 가까웠다.

이보 삼장의 무리 외에도 강호의 고수라는 자들이 많은 희생을 치르면서도 쉬지 않고 이곳까지 달려온 것이다.

그리고 앞서 와 진을 치고 있던 자들에게 가로막혔다.

그들은 대우진의 만인객잔 종업원들과 저자에서 기생하던 건달패들이었다.

아니, 겉으로 드러나 있던 신분이 그랬을 뿐, 이제는 누구도 그들을 우습게볼 수 없었다.

협곡 입구에 즐비하게 널려 있는 주검이 그렇게 해주었다.

정체와 소속을 알 수 없는 고수들.

그들은 더 이상 후덕한 얼굴의 장궤가 아니었고, 주방장이 아니었으며, 점소이가 아니었다.

더 이상 건들거리던 건달패가 아니었다.

한 명 한 명이 일류고수를 능가하는 무위를 지니고 있으면서 죽음을 두려워하지 않는 용감한 무사들이다.

그들 다섯 명을 죽였을 때, 군웅들은 무려 스무 명이 죽었다.

격렬했던 일차 대회전(大會戰)이 끝나고 나서 양측은 잠시 침묵하고 있는 중이었다.

두 번째의 격돌을 준비하기 위해 숨을 고르는 것이기도 하고, 서로 대책을 다시 세우기 위한 시간을 갖는 중이기도 하리라.

그들과 떨어진 곳. 벌판의 동쪽에 한 무리의 사람들이 모여서 있었다.

이 싸움과는 아무 상관도 없다는 듯 시종일관 지켜보기만 했던 자들이다.

한 대의 마차를 가운데 두고 네 사람이 서 있었는데, 무심한 중에 흘러나오고 있는 기도가 만만치 않아 보인다.

천화상단의 진소소를 호위해 온 네 사람이었다.

그들이 이전투구 같은 싸움에 끼어들려고 하지 않는 데에는 이유가 있었다.

바로 장팔봉 때문이다.

"그들이 길을 가로막는 건 오직 한 가지 이유밖에는 없을 거예요."

황하를 건너 이 들에 이르렀을 때 네 사람에게 한 진소소의 말이었다.

"그들과 장팔봉과의 관계가 어떤 건지는 모르지만 그들은 장팔봉을 지키려는 게 틀림없어요."

풍곡양이 의문을 꺼내놓았다.

"저들은 대우진에서부터 목숨을 내던지다시피 하며 한사코 군웅들을 가로막았지요. 그렇다면 그럴 만한 이유가 있어야 하지 않을까요?"

"그건 알 수 없군요. 하지만 장팔봉을 보호하려는 건 틀림없어요."

진소소의 말에 다들 머리를 끄덕였다.

그렇다면 굳이 그들과 싸워 죽이면서까지 저 협곡을 통과할 필요가 없었다.

장팔봉과는 이미 풍우객잔을 통해 인연을 맺은 바가 있다.

지금 필요한 건 우격다짐으로 그를 핍박하는 것보다 인연을 내세워 끌어들이는 것이었다.

그 일에는 무력보다 인정과 감성에 다가서야 한다.

그런데 장팔봉과 깊은 관련이 있어 보이는 저들과 싸운다면 나중에라도 그와 풀 수 없는 원한을 맺게 될지 모른다.

진소소는 그걸 걱정하고 있었고, 다른 네 사람 또한 그와 같았다.

하지만 풍곡양 등은 굳이 그들을 도와주려고도 하지 않았다. 아직 그들의 정체를 모르기 때문이다.

군웅들과 용감하게 싸우는 그들의 모습을 지켜보던 가중악이 신중한 어조로 물었다.

"저 사람들은 하나같이 뛰어난 무공을 가지고 있으면서 서로를 위하는 마음이 또한 제 몸처럼 깊습니다. 저 정도의 무위와 의리를 가진 자들이라면 강호에서 협사로 불려도 손색이 없을 것입니다. 하지만 그들 중 한 사람도 알 만한 사람이 없으니 이게 어찌 된 일입니까?"

마차 안에서 진소소가 낮게 대답했다.

"저도 그 점을 의아하게 생각하고 있답니다. 아마도 그들은 강호에 나와 활동한 적이 없는 사람들이겠지요."

"그럴 수가 있을까요?"

무공이 뛰어나고 인품이 호협하다면 제가 원하지 않는다고 해도 필연적으로 강호의 풍랑에 말려들게 마련이었다.

그런데 끝까지 저를 지킬 수 있었다면 그건 곧 자기 자신의 진면목을 오래 감추고 살았다는 얘기다.

그건 그만큼 대단한 의지를 가진 자들이라는 걸 추측할 수 있게 해주는 것이기도 하다.

아니면 그만큼 규율이 엄격한 집단에 속해 있는 자들이리라.

강호에는 많은 비밀 결사가 있는데, 하나같이 스스로의 정체를 감추고 극히 은밀하게 활동했으므로 아는 자들이 적었다.

그와 같은 비밀 결사 중의 한 곳이 침묵을 깨고 나온 것인지도 모른다.

그런 생각을 하게 되자 모두는, 그렇다면 장팔봉과 그들의 관계가 어떤 것이란 말인가? 하는 의문을 느꼈다.

심각한 관계가 아니라면 저들이 저렇게 제 목숨을 초개같이 내던지며 장팔봉을 지키려고 안간힘을 다할 리가 없지 않은가.

풀리지 않는 의문이 꼬리에 꼬리를 물고 일어서 진소소는 물론 그녀를 호위하고 있는 네 사람의 마음을 답답하게 했다.

그러는 동안 협곡 입구에서는 두 번째의 격돌이 벌어지고 있었다.

군웅들이 한 덩어리가 되어 짓쳐 들어갔고, 그들을 막기 위한 자들의 저항도 필사적이 되었다.

또 한 명의 아까운 수하가 죽어간다.

마지막 순간에도 그는 제 가슴을 찌른 자의 머리통을 물어뜯었다.

점소이 곽삼이다.

이제 그의 나이 겨우 열아홉 살이었다.

광동에 연로하신 부모님이 계시고, 언제든 그분들을 대우진으로 모셔와서 만인객잔의 맛있는 음식을 마음껏 대접하는 게 소원이라는 소박한 꿈을 가지고 있던 청년이다.

그의 죽음으로 이제 단 하나의 그 소원은 물거품이 되었다.

그것을 보면서 장궤 서문한(徐門翰)은 피눈물을 흘렸다.

지금 이렇게 물밀 듯이 핍박을 가해오고 있는 자들은 군웅들의 주력이 아니었다.

이보 삼장 중 천검보의 무리들은 아직 모습조차 드러내지 않고 있다.

정보에 의하면 천룡보의 암영사신이 이끄는 추적대도 이 일에 개입했다고 한다. 하지만 어디에도 천룡보의 무리가 보이지 않는 것도 이상했다.

그자들이 이미 지마 종자허 한 사람의 손에 의해 몰살당했다는 걸 서문한이 모르고 있는 건 당연했다.

그런 의문을 접어둔 채 서문한은 저의 형제 같은 부하들이 하나둘 죽어가는 걸 보며 이를 간다.

"이제 너의 임무와 함께 고통은 끝났다."

그가 죽어서까지 상대의 머리통을 물고 있는 점소이 곽삼을 보며 그렇게 중얼거렸다.

"나머지는 우리가 감당하마. 저승에서 다시 만나자. 오래 걸리지 않을 거야."

그러는 동안 또 한 명이 미친 듯한 적도들의 도검에 난자당해 쓰러지고 있었다.

그러면서도 쥐고 있던 칼을 날려 한 놈의 가슴을 기어이 쪼개놓는다.

주방에서 보조 역할을 하고 있던 칠보였다.

"우하하하!"

그의 죽음을 본 주방장 도이성이 미친 듯이 웃음을 터뜨렸다.

"칠보야! 너의 원수는 내가 갚아주마! 저승에서 두 눈 부릅뜨고 똑똑히 지켜보아라!"

외친 그가 있는 힘껏 땅을 박차고 몸을 날렸다. 두 자루의 칼을 휘두르며 훌훌 허공을 날아 적도의 한복판으로 떨어져 내린다.

"안 돼! 이탈하지 마라!"

서문한이 다급하게 외쳤지만 이미 도이성의 몸은 적도들에게 파묻힌 뒤였다.

거센 파도 속에 던져진 바윗돌처럼 가라앉아 버린 것 같다.

도이성의 악쓰는 소리가 천둥소리처럼 들려왔다.

그의 칼빛이 눈부시게 허공을 가르고 선연한 피보라와 비명이 걷잡을 수 없이 터져 나온다.

그를 에워싼 적도들은 마치 사슴을 물어뜯는 들개 떼 같았다.

그 속에서 외롭기 짝이 없는 도이성의 칼은 분노한 돌개바람이 되고 낙뢰가 되었다.

눈부신 그의 칼이 무수한 적도를 찍고 베어 넘기지만 오래가지 못했다.

기어이 한 놈이 휘두르는 철추에 머리통이 터져 버리는 그의 모습을 보는 서문한의 두 볼에는 붉은 피눈물이 흘러내렸다.

그 싸움을 멀리서 지켜보던 사람들 중에 누군가가 탄식을 터뜨렸다.

"대단하다. 정말 대단해. 저런 자들이 이런 촌구석에 숨어 있을 줄을 누가 알았으랴. 참으로 아깝기 짝이 없는 일이구나."

하남 낙수장을 대표해 이곳에 온 노고수, 십면철권 조위풍이었다.

그는 협곡 입구를 가로막고 있는 한 떼의 무리가 어디에 속한 자들인지 모르지만 그 용맹함에 대해서만은 진심으로 감탄하지 않을 수 없었다.

저와 같은 무위를 지니고 용맹한 기상을 키우려면 오랫동안 뼈를 깎는 훈련을 했을 것이고 수양을 했을 것이다.

그러한 자들이 저렇게 하나둘 죽어 사라지는 게 안타깝기만 하다.

할 수만 있다면 대화로써 이 문제를 풀고 싶은데 주위를 둘러보아도 그럴 마음을 가진 자를 찾아볼 수 없으니 참으로 답답한 일이었다.

모두 욕심으로 벌겋게 달아오른 얼굴을 한 채 살기등등해 있을 뿐, 냉정함을 유지하는 자가 없다.

"이건 죄악이야."

조위풍의 탄식은 군웅들의 거친 고함 소리에 묻혀 버렸다.

다시 한 떼의 무리가 함성을 지르며 협곡을 향해 달려나가고 있었던 것이다.

그때까지 협곡을 굳게 지키고만 있던 서문한이 피눈물로 어룽진 얼굴을 들어 하늘을 보았다.

붉어야 할 태양이 구름에 가려져 희게 보인다.

"지금 시간이 얼마쯤 지났지?"

칼을 움켜쥐고 곁에 서 있던 점소이 황대려가 즉시 대답했다.

"족히 두 시진은 버텼을 겁니다."

서문한의 입가에 쓸쓸한 미소가 떠오른다.

"그래, 이만하면 족하지. 여기서 죽는다고 해도 당 공자께서 뭐라고 하지 않으실 것이다. 이만하면 다들 최선을 다한 거야."

그가 아직 제 주위에 남아 있는 수족들을 돌아보았다.

다 죽고 겨우 여섯 명이 남았을 뿐이다.

하나같이 이를 악물고 있다. 그 얼굴 가득 비통함과 분한 기색이 넘쳐난다.

서문한이 그들에게 말했다.

"이제 각자 살 길을 찾아 떠나도 좋다."

"주인님!"

"나는 이곳에 뼈를 묻는다. 너희들까지 그럴 필요는 없어."

"틀렸습니다!"

점소이 황대려가 악을 썼다.

"우리 모두는 한날한시에 죽겠다고 맹세했습니다! 그걸 저 버리란 말씀입니까?"

"굳이 그럴 필요 없다."

"또 틀렸습니다! 우리는 저들의 죽음을 욕되게 할 수 없습니다!"

황대려가 칼을 들어 가리키는 곳에 난자당해 쓰러진 주방장 도이성의 참혹한 주검이 있었다.

"형제들이여, 죽음이 두려운가? 나는 즐겁고 기쁘다! 내 임무를 끝낼 수 있기 때문이다!"

그가 동료들을 돌아보며 그렇게 소리치자 남은 자들이 일제히 와! 하는 함성을 질러 저희들의 마음도 같다는 것을 표현했다.

황대려가 허공에 칼을 휘두르며 다시 악을 썼다.

"그렇다면 무얼 망설이는가? 가자! 죽음은 피하려는 자에게 두려움일 뿐, 그것을 각오한 자에게는 아무것도 아니다!"

"그렇다! 그것은 오히려 용기를 주는 영약이 아니더냐? 가자!"

"임무를 끝내기 위해서!"

"우리의 무거운 짐을 벗어 던지기 위해서!"

그들이 목청이 터져라고 외쳤다. 그리고 서문한이 말릴 새도 없이 성난 들소들처럼 협곡을 등 뒤에 두고 달려나간다.

"그래, 함께 죽는 거야."

서문한의 얼굴에 환한 웃음이 번졌다.

"저승에서 다시 모여 만인객잔을 또 열지 뭐. 귀신들을 상대로 하는 장사도 꽤 짭짤할걸?"

불끈 주먹을 쥔 그가 검을 뽑아 들고 던지듯이 몸을 날렸다.

"와아!"

그들은 덮쳐오는 파도에 온몸으로 맞서는 천둥벌거숭이들처럼 그렇게 겁없이 한 덩어리가 되어 군웅들의 한복판으로 뚫고 들어갔다.

*   *   *

장팔봉을 둘러싸고 있는 네 사람의 안색이 심각해졌다.

그가 고집을 부리고 있기 때문이다.

보다 못한 당가휘가 장팔봉의 멱살을 움켜쥐었다.

"네가 정말 존장들의 말을 듣지 않겠단 말이냐?"

그를 노려보던 장팔봉이 질끈 눈을 감아버린다.

이미 그들을 존장으로 인정하고 예를 올렸으니 지금 눈앞에 있는 사람은 개아범 당가휘가 아니라 수라신교의 장로인 것이다.

예전처럼 함부로 대할 수 없지 않은가.

그렇다고 개아범 앞에서 절절매고 싶지도 않으니 그저 눈을 감고 외면할 뿐이다.

당가휘가 화가 잔뜩 나서 소리쳤다.

"네가 정 명령을 따르지 않는다면 본 교의 율법에 따라 처벌할 테다!"

"……."

"죽어도 좋단 말이냐? 본 교의 율법은 명령 불복종을 가장 큰 죄로 여긴다. 그 즉시 참형이야!"

"……."

"대체 왜 이렇게 고집을 부리는 거냐? 설마 우리가 여기서 너와 함께 모두 죽어버리기를 바라고 있는 건 아니겠지?"

비로소 장팔봉이 눈을 떴다. 물끄러미 당가휘를 바라본다.

"뭐 하나만 묻자."

"……?"

"지금 네 수하들이 죽어가고 있다면서? 곧 다 죽을 거라면서? 그리고 나면 나를 노리는 온갖 잡놈들이 이리로 몰려올 거라면서?"

"그렇다."

"나를 위해서 목숨을 내던진 그 멍청한 놈들이 네 수하들 맞는 거냐? 정말이야?"

"그렇다."

상황이 워낙 다급해져서인지 아무도 장팔봉이 당가휘에게 함부로 말하는 걸 탓하지 않았다.

수라신교의 장로와 이대 제자의 신분이니 하늘과 땅의 차이 런만 그들 사이의 애매한 관계를 잘 알고 있는 터라 더 그렇 다.

"그런데 너는 그런 네 수하들을 내버리고 마음 편하게 달아 날 수 있다는 거냐?"

"그건 그들의 목숨보다 너 한 사람의 목숨이 더 중요하기 때 문이다."

"왜? 내 목숨에는 금테를 둘렀고, 그들의 목숨은 개줄을 두 른 거냐?"

"아니, 그걸 몰라서 자꾸 말하게 하는 거야?"

장팔봉의 빈정거림은 당가휘에게만 향한 게 아니었다. 자신 의 사부와 건풍, 만성 노스님까지, 수라신교의 장로 모두에게 들으라고 하는 소리인 것이다.

"그들이 나를 위해서 목숨을 내던졌다면 나는 절대로 그들 을 버리고 달아날 수 없어. 그게 의리라는 거다. 그리고 그게 바로 너와 나의 결정적인 차이야."

"너에게는 사문의 한을 풀어야 하는 절대적인 사명이 있다. 그걸 이루기 위해서라면 그들뿐만 아니라 나도 기꺼이 목숨을 내던질 수 있어. 이곳에 모인 다른 세 분의 장로도 마찬가지 다!"

"나는 그게 싫어."

"뭐라고?"

"내가 왜 평소 잘 알지도 못하던 사람들의 희생을 당연하다는 듯이 받아들여야 하지? 내가 왜 그렇게 살아야 하지?"

"말했잖아! 사문의 한을 위해서라고!"

"그렇다면 네가 내 대신 해라."

"뭐?"

장팔봉의 고집은 황소보다 더했다.

한 번 이렇게 생떼를 쓰기 시작하면 누구도 꺾을 수 없다는 걸 그의 사부가 알고 당가휘 또한 잘 안다.

왕 노인이 씩씩거리며 어쩔 줄 모르는 당가휘와 장팔봉 사이에 끼어들었다.

"그럼 네 생각을 한번 말해보거라. 너에게 좋은 계획이라도 있는 거냐?"

장팔봉이 이렇게 떼를 쓰고 고집을 부릴 때는 그저 살살 달래주는 것밖에는 별다른 수가 없다.

그걸 잘 아는 왕 노인은 우선 장팔봉의 생각을 들어볼 필요가 있다고 판단했고, 그건 옳은 일이었다.

장팔봉이 기다렸다는 듯 말했다.

"아직 살아 있다면 구해주어야 하고, 다 죽었다면 복수를 해주어야지요."

"그러니까 어떻게?"

"나에게 생각이 있습니다. 그러니 사부님과 여러분은 스스로를 위험하게 하지 말고 그냥 달아나십시오."

"너 혼자 남겨두고 말이지?"

"그렇습니다. 내가 누구입니까?"

"……."

"장팔봉입니다."

장팔봉이 제 가슴을 퉁퉁 두드렸다.

"무림맹의 풍운조장으로서 수많은 전장을 내 집처럼 드나들며 패천마련을 농락했고, 마졸들의 목을 무수히 따왔던 바로 그 장팔봉이 저란 말입니다."

"파하—"

네 사람의 입에서 동시에 한숨이 터져 나왔다.

그러거나 말거나 장팔봉은 안하무인이었다.

"그것뿐입니까? 당당히 무림맹의 제이인자라고 해야 할 풍향사의 군주 자리에까지 올랐던 몸이라 이겁니다. 삼절문에서 그만한 영광을 누린 사람이, 아니, 수라신교에서 그런 사람이 있습니까?"

"파하—"

"게다가 패천마련의 지옥 속으로 뚜벅뚜벅 걸어 들어갔고, 그곳에서도 마음껏 휘젓고 다니다가 다시 내 발로 뚜벅뚜벅 걸어나온 사람입니다."

"파하—"

"그게 바로 여러분의 눈앞에 이렇게 서 있는 장팔봉입니다. 아시겠습니까? 나는 살아서 전설이 된 그 장팔봉이라 이 말입니다. 커흠!"

"그래서? 그게 어쨌다고? 지금 그 일이 무슨 도움이 되는데? 네 실력은? 실력도 그만큼 뛰어난 거냐?"

보다 못한 당가휘가 바락 악을 썼다.

장팔봉도 지지 않고 당가휘를 노려보며 악을 쓴다.

"내 한 몸에는 수라신교의 최고, 최후 절기라는 삼절도법이 고스란히 들어 있다! 그뿐이냐? 다섯 노마존들의 절기도 물려받았지! 누가 감히 나의 적수가 될 수 있단 말이냐?"

"그럼 나를 한 대 때려봐라. 네가 한주먹으로 나를 때려눕힐 수 있다면 네 마음대로 행동해도 좋다."

"못할 것 같아?"

당가휘의 말에 화가 난 장팔봉이 버럭 소리쳤다.

누가 말릴 새도 없이 그대로 주먹을 뻗었는데, 왜마왕 염철석의 절기인 화염마장 중 권법 초식인 화염권이다.

온몸의 힘을 그 한 주먹에 실었으므로 쉬잉, 하는 바람 소리가 날 정도로 위력적이었다.

장팔봉 자신의 생각에만 그렇다.

쾅!

정작 그것이 당가휘의 가슴에 작렬했을 때는 그러한 자신감이 산산조각 나버렸다.

"욱!"

때린 사람은 장팔봉인데, 답답한 신음을 흘리고 나가떨어지는 것도 장팔봉이었다.

보기 흉하게 엉덩방아를 찧고 주저앉는다.

당가휘의 가슴을 때린 순간 커다란 반탄지력에 튕겨진 것이다.

원래 화염권을 펼치면 권경을 따라 한줄기 강맹하고 극양한 열기가 뻗어나가야 한다.

그러면 그것에 맞은 것은 바위든 사람이든 상관없이 가루가 되어 부서지고 만다. 예외란 있을 수 없다.

하지만 장팔봉에게는 그저 초식이 있을 뿐, 그와 같은 내력을 운기할 능력이 없었다.

그러니 빛 좋은 개살구라는 조롱을 당해도 할 말이 없다.

당가휘가 흥, 하고 코웃음을 쳤다.

"가만히 서 있는 나 하나도 어쩌지 못하는 그까짓 재주로 네가 어떻게 그들의 목숨을 구하고, 어떻게 그들을 위해 복수를 해준단 말이냐? 죽어서 귀신이 된 다음에 그렇게 할 거냐?"

"……."

장팔봉의 얼굴이 치욕감으로 일그러졌다.

당가휘 저놈이 어떻게 해서 수라신교의 장로가 되었고, 어떻게 해서 장로 급의 상승무공을 익히게 되었는지는 모른다.

물어볼 시간도 없고, 또 묻고 싶지도 않다.

하지만 그와 자신의 차이가 이처럼 확연하니 분한 중에도 오기가 생기지 않을 수 없다.

장팔봉이 내미는 그의 손을 뿌리치고 벌떡 일어났다.

아무 말 없이 뚜벅뚜벅 밖으로 걸어나간다.

"어디로 가려는 것이냐?"

왕 노인이 소리쳐 부르며 급히 따르지만 장팔봉은 뒤돌아보지도 않았다.

"내가 해. 이건 내 일이니 내가 알아서 해결한다."

그게 옛날이나 지금이나 변하지 않은 그의 소신이었다.

내 일을 해결하기 위해 남에게 신세지지 않는다는 것.

나에게 닥친 일이고, 내가 해야 할 일이라면 무슨 수를 쓰던지 반드시 내 힘으로 해내고 만다는 것.

왕 노인에게는 장팔봉처럼 내공이 없었다.

그러니 그의 무공이라는 것도 빛 좋은 개살구나 다름없다.

하지만 그곳에 있는 누구도 그런 왕 노인을 무시하지 못했다.

그가 수석 장로의 신분이기 때문이다.

그 말은 한때 왕 노인의 무공이 제 신분에 걸맞을 만큼 대단했다는 것이기도 하다.

그 왕 노인이 황급하게 장팔봉의 뒤를 따르니 나머지 사람들도 어쩔 수 없었다.

파라락, 하고 옷자락 날리는 소리와 함께 장팔봉 앞에 건풍이 뚝, 떨어져 내렸다.

두 팔을 활짝 벌리고 서서 매섭게 노려본다.

"정 말을 듣지 않으면 너를 제압해서라도 끌고 갈 테다."

장팔봉이 손가락으로 건풍의 코를 찔렀다.

"흥, 이 늙고 볼품없는 사기꾼 도사야. 만약 그랬다가는 내 스스로 목숨을 끊어버리고 말겠다. 그러면 봉명도는 물론 수라신교도 끝장나고 말겠지. 그걸 원한다면 마음대로 해 봐."

"응?"

장팔봉의 위협은 누구도 생각해 보지 못했던 극단적인 것이었다.

건풍은 물론 왕 노인과 다른 사람들도 모두 멍해져서 우뚝 서버린다.

장팔봉이 그들을 상관하지 않고 뚜벅뚜벅 걸어가며 말했다.

"내가 나서서 해결하지 못할 일이란 없어. 그걸 모두에게 똑똑히 보여주고 말 테다. 흥, 이보 삼장이라고? 천화상단이라고? 그까짓 놈들이 어떻단 말이냐?"

네 사람. 절정의 무위를 지니고 있는 장로들이 어이없다는 얼굴로 그런 장팔봉의 멀어지는 뒷모습을 멍하니 바라보고 있다.

그들의 귀에 장팔봉의 중얼거림이 다시 들려왔다.

"사내가 배포가 있어야지. 고작 제 목숨이나 챙기려고 벌벌 떨어서야 어찌 큰일을 하겠는가."

그렇게 장팔봉은 삼절문 밖으로 뚜벅뚜벅 걸어나갔다.

피바람 몰아치는 세상을 향하여 혈혈단신으로, 아무런 두려움 없이, 당당하게 걸어나간다.

그가 온다.

그를 알고 있던 자들은 금방 알아보았고, 그를 모르는 자들도 곧 알았다.

장팔봉.

그가 딱딱하게 굳은 얼굴을 한 채, 이글거리는 눈을 부릅뜨고 협곡을 나오고 있는 것이다.

피비린내가 진동을 했다.

이 신선한 아침 공기를 욕되게 하고 있는 그 냄새.

그리고 즐비하게 널려 있는 주검들.

대우진에서 만인객잔을 운영하며 신분을 감추고 살아오던 당가휘의 수하들이다.

그들 중 아직 살아 있는 건 장궤 서문한과 점소이 황대려뿐이었다.

그들의 목숨도 경각지간에 달려 있었는데, 장팔봉이 뚜벅뚜벅 협곡을 벗어 나온 순간 모든 상황이 정지되어 버렸다.

"장팔봉이다."

누군가의 낮은 음성이 피비린내를 뚫고 모두의 귓전을 스쳤다.

그 순간 다들 주춤주춤 뒤로 물러서기 시작했다.

봉명도의 유일한 정보를 쥐고 있는 자.

그래서 오늘의 이 피바람이 있게 한 장본인.

모든 사람들의 목표.

그가 멀리 달아나지 않고 저렇게 태연히 모습을 나타냈다는 게 모두를 어리둥절하게 했다.

그가 달아날까 봐, 그래서 잡지 못하게 될까 봐 그렇게 서두르지 않았던가.

잔인하고 끔찍하며 야비한 일을 서슴지 않고 행했다.

강호의 탐욕과 욕망의 근원인 자.

그가 막상 이렇게 눈앞에 나타나자 군웅들은 멍청해지고 말았다.

힐끔힐끔 서로의 눈치를 본다.

장팔봉이 지독한 눈길로 그런 자들을 휘둘러보았다.

경멸이 가득 담겨 있는 눈길이고, 혐오와 비웃음을 가득 띠고 있는 얼굴이다.

"염치없는 것들! 이러고도 너희가 강호의 고수라고 행세할 것이냐? 찢어 죽일 놈들 같으니."

매섭게 일갈한 그가 다시 뚜벅뚜벅 걸어왔다.

만신창이가 된 몸으로 간신히 버티고 있는 두 사람의 생존자를 향해서다.

서로 등을 맞대고 있던 서문한과 황대려가 돌아섰고, 그들을 포위하고 있던 군웅들은 흠칫 놀라 물러선다.

장팔봉이 크고 작은 상처들로 인해 피범벅이 되어 있는 두 사람 앞에 섰다.

군웅들을 바라볼 때와는 달리 안타깝고 애절한 눈길로 그들을 어루만지듯이 바라본다.

"장궤."

서문한의 손을 잡는 그의 음성이 떨려 나왔다.

황대려.

곁에서 그는 환하게 웃고 있었다. 그 얼굴이 빛난다. 어느 절세의 가인보다 아름다워 보인다.

"장 공자……."

서문한의 볼이 경련을 일으켰다.

장팔봉이 그런 그의 볼을 쓰다듬었다.

"더 이상 나를 위해 희생할 필요 없소. 그대의 목숨은 누구의 것도 아닌 그대 자신만을 위한 것이오."

"……."

"개아범 그놈은 그대들을 내버렸소. 하지만 나는 절대로 그대들이 나를 위해 피 흘린 오늘의 이 일을 잊지 않겠소. 이제부터 그대들의 목숨은 내가 지켜주리다."

"아—"

서문한과 황대려는 장팔봉의 이글거리는 눈을 보았다.

그 얼굴에 가득한 진정을 보았다.

그러자 살기가 사라지고 마음 가득 따뜻한 봄바람이 불어왔다.

삶이란 이처럼 향기로운 것이구나, 하는 생각을 절로 하게 된다.

그 생각에 취하고 기쁨에 목이 메인다.

천천히 군웅들을 향해 돌아서는 장팔봉의 등 뒤에서 그들이 기어이 털썩, 주저앉았다.

이제는 정말 죽어도 좋다고 생각한다.

『봉명도』 제3권 끝

은하의 계곡

무천향
武天鄉

허담 新무협 판타지 소설

뿌리를 찾아가는 목동 파소의 여행.
그 여정의 끝에서
검 든 자들의 고향 대무천향 (大武天鄉)을 만난다.

검객 단보, 그는 노래했다.

…모든 검 든 자들의 고향 무천향.
한 초식의 검에 잠든 용이 깨어나고, 또 한 초식의 검에 잠든 바다가 일어나네.
검의 흐름을 따라가다 보면 어느새, 세월도 잊어버리고, 사랑도 잊어버리고,
무공도 잊어버려…….
결국에는 자신조차 잊어버리는…….

은하의 가장 밝은 빛이 되어버린다는
그 무성(武星)들의 대지(大地).

아, 대무천향(大武天鄉)이여!

유행이 아닌 자유추구 -
WWW.chungeoram.com
Book Publishing CHUNGEORAM

유행이 아닌 자유추구 -
WWW.chungeoram.com
Book Publishing CHUNGEORAM

낭왕 狼王

별도 新무협 판타지 소설

살아옴 나는 이야기에 여러분은 가슴 졸인 적이 있는가?
남들이 볼까 두려워하며 책을 가리면서 읽었던 구절을 몇 번이나 반복하며
읽은 적이 없는가?

구무협의 향수를 그리워하던 별도가 결국은
〈무협의 르네상스〉를 부르짖으며 직접 자판 앞에 앉았다.

"제가 무협을 쓰기 시작한 이유는 더 이상 읽을 책이 없었기 때문입니다."

모든 일은 4년 전부터 시작되었다.
살인사건을 배경으로 펼쳐지는 음모와 배신, 사랑과 역공작,
그리고 정사!

우리 시대의 이야기꾼, 별도의 새로운 글 〈낭왕 狼王〉
〈천하무식 유아독존〉, 〈그림자무사 검은여우 흑호 黑狐〉
이은 그의 또 하나의 역작!